U0565819

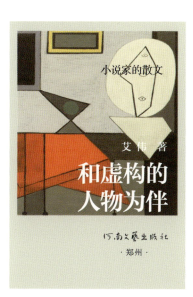

小说家的散文

艾伟 著

和虚构的
人物为伴

河南文艺出版社
·郑州·

作者简介

艾伟，著有长篇《风和日丽》《爱人同志》《爱人有罪》《越野赛跑》《盛夏》《南方》，小说集《乡村电影》《妇女简史》《整个宇宙在和我说话》《过往》等多种，另有《艾伟作品集》五卷。多部作品译成英、意、德、日、俄等文字出版。最新作品为长篇《镜中》。现为浙江省作协主席。鲁迅文学奖获得者。

目　录

1

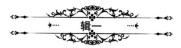

辑一

我曾滴酒不沾

写下这个题目,我就笑了。

这看起来好像我如今已成了"无人不晓大酒仙"。我还是不能,不过我现在愿意力所能及喝一点。在酒桌上,要是一口不喝,特别没发言权。有一次和一位朋友在网上聊天,我说,昨天和谁谁谁喝酒了,结果被嘲笑一通,你那点酒量也算喝酒?

我无语,也认了。

我确实天生不胜酒力,很长时间滴酒不沾。父亲能喝一点黄酒,量也不大。小时候,除夕之夜,父亲会让我尝尝,我没喝几口就倒下了。母亲还为此觉得父亲多此一举,让我错过除夕良宵。

读大学时,我虽不喝酒,但有次开学带了几瓶黄酒。因为同学们都读过鲁迅的《孔乙己》,知道孔乙己只要有了钱就往咸亨酒店跑,他们想体验一下孔乙己当年排出铜钱喝黄酒的感觉。我的同学来自全国各地,他们觉得黄酒难喝,像中药,并说,这就是料酒啊。我说，黄酒是用糯米做的，真正的大地精华，很滋养身体，我们那里的人，无论男女能喝酒的都喜欢喝一点。小菜再差，黄酒一热，生活气息就来了，好像人生的滋味就在这碗黄酒里。

那天喝酒，大概因为我做东，有话语权，我和一位湖南的同学争论文学家更牛呢还是政治家更牛。我是上虞人，属绍兴，绍兴是个出文人的地方，并且出了鲁迅先生这样的"民族魂"，所以，我方观点是文学家比政治家更厉害，也更具永恒性，并断言鲁迅将会万世流芳。历史上的政治家我们能记得几个呢？即便记得，我们有谁真正知道他们有什么丰功伟绩呢？湖南同学不服，湖南是出政治家的地方，他那天有点小看黄酒，喝得多了，大着舌头说，历史就是政治家写的，文人算个屁。他不但小看黄酒，还小看黄酒的后劲。他那天走路东倒西歪，靠着我们搀扶才回到宿舍。

这次争论本身没有任何意义，只是表明了我和这位同学的价值观有差异。人一生的作为确实是由价值观驱动的。后来，这位同学走上了仕途，成为官员，而我成了作家。

我是工科生，大学毕业，在某项目指挥部工作，曾参与过一个国际采购项目。一次，我跟着副指挥和一位总工去青岛考察。我们坐海轮去的。我们下午上船，海轮在海上航行了一夜。我第一次见到了一望无际的大海上的日落和日出，真是无比壮观。但更壮观的在后面，山东人喝酒时名目之繁多、气势之恢宏，令海上的日出日落黯然。我当年初涉社会，一纯真青年，根本无法抵抗山东人的滔滔雄辩的劝酒辞令,第一次喝了白酒。虽是自己把酒倒到嘴里,实际上是被灌的。这是我此生喝得最多的一次,开始我只觉得肚子里像着了火,又好像没事,没多久就整个儿不行了,感到肚子里有什么东西在往上冲。我吐掉了。那一次,我头痛了两天,整个人都不好了。更令我不安的是,这次出差几乎是领导在照顾我。这令我特别不踏实,发誓以后再也不喝酒了,喝酒误事啊!

这之后的很长时间,我几乎滴酒不沾。不胜酒力这件事是天生的。天生的事情你得认。

可是在酒席上不喝酒是件痛苦的事。对于善饮者,酒桌上的时间是不存在的,无论多么漫长,也就是个瞬间。不喝酒的人就不一样了,时间停止了一样,开头一小时还好,后面时间进入广义相对论状态,我仿佛进入另一个时空隧道,把时间的流逝放大到纤毫毕现,好像我看到了时间本身。这倒还好,更令人不安的是我永远是酒桌上最清醒的那个,我被隔绝在热闹之外。朋友们在酒后,即便两个臭男人,也会彼此搂着,说一些平时说不出口的肉麻话。真是三杯下肚,四海之内皆兄弟。酒确实能打开人身上那个理性的壳,打破原本的秩序感,并迅速拉近人与人之间的距离。

我对善喝的朋友特别羡慕,称得上崇拜。有一位北方的朋友曾同我说起过喝酒的感觉,他喜欢喝黄酒,说冬夜喝黄酒,灵魂会出窍,会飞起来,感觉美妙。另一位朋友向我描述,一年需要喝醉两次,醉过后精神会特别放松,就像生命重启了一样。还有一位朋友告诉我,每个民族都有酒这玩意儿,不管什么肤色最终都被酒精征服,无一例外。

关于醉酒的感觉,不但听朋友说,书中的记载那也是相当迷人的。苏东坡是这样描述的:我洗干净酒盏,几杯下肚,腰酸背痛腿抽筋的毛病全好啦。我感到自己吞下了三江的汪洋,江中鱼龙和鬼神都游入我的肚子里。脑子里醉梦旖旎,我变得痴痴癫癫的,整个人都不对啦,好像摇起了桂木船桨,叩开了仙宫大门,醉卧松风,手捧春水……

我太想体验这种感觉了。

是的,我曾偷偷练过喝酒。如果我灵魂没出窍过,如果我没像苏东坡那样叩开过仙宫大门,此生不是太遗憾了?但是我得说实话,练的结果是我从来没体验过朋友们描述的那种感觉。酒从来没带给我飞升感,而是压抑和麻木(负担)。在酒桌上喝得稍猛一点,我就上头,然后我成了最沉默的那一位,我说话变得迟缓(平常我的语速已经够慢了),条理还是相当清晰。我再次认了,喝酒后传说的那种境界对我而言相当于我的彼岸、我的海市蜃楼。

好在有一些善饮者同我说,他们虽然酒量惊人,但他们的身体其实并不喜酒,也是不能飞升的。既然这样,我也没什么好遗憾的了。

对一个写小说的人而言，往往是缺什么补什么。在小说里，我写过很多酒醉后的感觉。修辞万岁，通感万岁。我可以把别的快感用在醉酒者身上，这完全合法嘛。小说要是写到吸毒后的感觉，难道以身试毒吗？显然不行。

我写过一个醉鬼的故事，叫《乐师》。这个嗜酒如命的家伙，因醉酒无意中杀死了自己的老婆。我的主人公是位乐师，把声音和酒联系在了一起。他说："音乐你知道吗？这东西不能碰的。这东西会缠着你，耳边总是有一些声音缠来绕去，你老是想去捕捉这样的声音，但你会发现，你根本抓不住。那是空的，就像人喝醉了酒时的幻觉，都是空的。"

中国文学史有太多关于酒的诗篇。要是没有酒，中国诗歌史可能就不太成立了。小说可以用修辞解决关于醉酒的经验问题，但诗歌不行，诗歌同人格密切相关，需要直接面对自我，心里有什么才能写什么。所以，我相信诗人们关于酒的句子来自他们真实的体验。

在我的朋友中，诗人们大都善饮，且很多人海量。小说家有能喝的，但我觉得总体而言酒量比不过诗人们。

2021.9.5 杭州

重拾

　　父亲算得上是乡村画家。小时候,他经常拿着炭精条对着我和妹妹画肖像。可惜这些画像都没留下来。"文革"期间,父亲受命在村子里那些显眼的白墙上画了大量的毛主席像,有《毛主席万寿无疆》《井冈山会师》等,他画得最满意的大概是《毛主席去安源》。画中的毛主席散发着万丈光芒。那些画太过巨大,他得先在白墙上打好格子,然后,按比例放大。我经常看到他攀缘在墙上,冒着烈日,画着画。当时是生产队,他认为这比去田里劳作要轻松得多也有趣得多。后来不再需要革命画像了,父亲开始替逝去的老人画。那时候摄影还没普及,很多人一生中可能只有一张小照。父亲就根据这小照,放大成如今 A4 纸那么大,便成了遗像。这些遗像也是用炭精条画的,极度写实,乍一看几乎就像一张照片。父亲做的另一件事是在姑娘的嫁妆或小伙子的婚床上画上鸳鸯、玫瑰及各种吉祥之物。这样,村里的红白喜事,几乎都和父亲有关了。酒一定是有喝的。

父亲有一些参考画册,印象深刻的是一本叫《富春江画报》的杂志。前不久,去富阳开会,我还同当地朋友聊起这本早已停刊的杂志。在这个遍地都是图像的时代,要是重办《富春江画报》会是怎样的面貌呢,是不是会和那本构成强大的张力呢?这是件很有意思的事。

我自然也喜欢涂涂抹抹。乡村条件差,没有系统训练,完全是瞎画,但艺术的种子大约就此种下了。考大学时,也希望自己的专业和艺术有点关系,所以,当时填志愿报了建筑学。父亲倒是非常务实,反对我的选择,因为建筑学还要考美术,要是美术不过关,我有不被大学录取的风险。当然,父亲的反对一点用也没有,我还是在高考后跑到绍兴考了美术。记得考题是"校门"。我当时连素描的概念都没有,那次考试完全靠线条。

大学毕业后的一段日子,我已开始小说写作,不过最先发表的作品却是画作——丰子恺式的文人漫画一类。当时在一家报纸上开了一个专栏,画了有一两年。有一天,突然接到一位女士的电话,是台湾《联合报》副刊的编辑。她喜欢我的漫画,问我是否愿意把画上的文字写成繁体字,以便在他们的报纸上发表。

1990年代中期,我开始发表小说。小说打开了我,激发了我,成了我的命运本身,让我成了今天的我。现在回想起来,最初的写作有如神助,简直写什么有什么。年轻写作是多么好,毫无畏惧，手无寸铁就可以攻克一个个堡垒。我完全把涂鸦这件事放弃了。

五年前的夏天，我在《风和日丽》之后，开始《南方》的写作。也许《风和日丽》耗去我太多的精神，《南方》的写作极不顺利，几乎陷入困境。我时有杂念，也可以说我出现了精神危机。我问自己写作的意义。这世界多一本我的小说与少一本我的小说似乎没有多大的关系。我为此沮丧至极，怀疑自己失去了写作能力。我越来越自闭了，很少与人交往。我每天把自己关在家里。有一些事会突然进入个人生活，然后，又远去了。我生活得越来越慢。

似乎是很自然的，我拿起毛笔，重拾丢了十多年的涂鸦活儿。其间，得到了荆歌兄的鼓励。荆歌看了我的小画，让我一定多画一些，慷慨地送我毛笔和画具，还请他的朋友谢峰先生替我刻了十多枚印章。就这样，我慢慢喜欢上了画画这件事。我可能是个比较专注的人，而画画是一件需要专注的事。专注让时间慢下来，也让内心安静下来。专注让人充实。

视觉这种东西似乎比文字要好玩儿得多，变化的可能性也比小说要大。水墨宣纸，经常会产生出其不意的效果，有些画我自己都不知道是怎么画出来的。这种感觉好比经历了一次意外的艳遇，偷着乐。

在自媒体时代，小画的发表已不成问题，只要放在微博、微信上，就能让人看见。我偶尔会在网上晒画。虽然我知道如今"点赞"仅仅表示友好或"到此一游",但还是会高兴的。

在这里,我忍不住要夸夸作家这个行当。如果一部小说——哪怕是短篇——和画一张画比,个人认为付出的精神劳动似乎更复杂,也更丰富。有时候和那些卖画卖得好的画家一起玩儿,我会想,作家真的是这个时代的苦行僧,画家们多轻松啊,这些家伙不停地重复着画同一个题材,并不停地卖着,在他们行当里完全是"合法"的,合乎绘画的伦理,而作家永远需要创造新东西,重复是作家的天敌,甚至一个比喻一生只能用一次。

今天一部小说的命运只能成为印刷品,而不能成为一件艺术品。有时候我想,在电子阅读开始普及,纸质图书越来越小众化的今天,也许未来小说家的作品也可以做成一件艺术品。不用出版很多本,但要做得充满设计感,要尽可能多地带有作家个人的气息。当小说成为一件具有收藏价值的艺术品的时候,或许也能卖个好价钱。

2015. 10. 1

我看体育

有一则故事叫《龟兔赛跑》,大家都知道,说的是乌龟和兔子赛跑的故事。兔子是飞毛腿,谁输谁赢本来是不在话下的,可兔子出了点状况,输了。这则故事的寓意很明确,就是骄傲使人落后,骄兵必败。但这则寓言的成立要有一个前提,就是公正。所谓公正,是说乌龟和兔子按照规定路线跑,谁先到终点谁就赢。在这个过程中,它们只能靠自己,不能靠别的力量。如果乌龟靠走后门取胜,那就什么也说明不了,只能说明公正性是值得怀疑的。所以,《龟兔赛跑》也是一则关于公正的寓言。

人类社会的公正性确实是值得怀疑的。绝对的公正我们就不指望了,问题是相对公正有时候也很难做到。比如说到机会,一个出身贫寒的人同一个家有万贯的人机会肯定不一样,人生的起点就不一样嘛。恩格斯说,人是各种社会关系的总和。人不是单纯的人,是处在各种关系的节点之中,被规定和制约。在人类生活中,我们很难像体育比赛一样,在同一起跑线上起跑,即使起跑线相同,各种各样的社会力量也会介入,公正基本上是一个神话。

这个神话在体育比赛中却成了现实。体育比赛模仿了人类社会的竞争关系,但这种竞争要单纯得多。至少参赛者只要在这些规则下自由发挥就可以了,不用考虑太多人为因素。我们的能力有大小,这种差距可能不比乌龟和兔子之间小,但如果我们是处在公正的环境之中,那么,我们至少还是有希望赢,或成功的。因此,在某种意义上,体育比赛具有超现实的特性,它更像是人类的一场狂欢、一场早就排练好的舞台剧。它基本上把人类生活简单化、单纯化,把人类梦想放大,使大家兴高采烈。然后,欢宴过去,曲终人散。大家必须回到枯燥的现实生活之中。

奥运会起源于众神之国希腊,这次算是回娘家,我觉得这里面似乎有些象征意义。从公正的意义来说,体育像是神界的活动。奥运会的宗旨是更高、更快、更强,但我的看法是,除人类挑战极限这层意思之外,应该还有更深一层意义,那就是人类希望通过奥运会来实现关于公正的梦想。

我谈到体育是单纯的活动,但又想,体育其实也单纯不了啊。比如,亚洲杯上,中国足球队和日本足球队比赛,这哪里还是什么体育比赛。各种历史的现实的政治的因素都加入进来了。这件事上,体育真是承载着不能承受之重。我们已习惯于把体育同国家、民族的兴旺相联系。我家隔壁一个胖男孩，只有十岁，他知道奥运会快到了，对我晓之以理：体育代表着一个国家的综合实力，咱过去是东亚病夫，现在是全世界领先。真是天翻地覆慨而慷啊！他希望我们国家的运动员多拿金牌，最好世界第一，那咱中国人就可扬眉吐气了。

金牌拿得多，确实扬眉吐气。我们都是有情感的。老实说，如果体育比赛中，不加入一点个人情感，如果个人情感不同民族情感、爱国情感相联系，可能体育比赛的观赏性和刺激性就要打点折扣。我就是这样的人，虽然欧洲人足球踢得好，三大联赛水平高，但我还是愿意看有中国队参加的比赛。我也算是一个爱国球迷吧。

体育成绩好，金牌拿得多，可以振奋一下民族精神，也是事实。但如果把体育成败同国家的成败联系起来，我就不能同意。体育的好坏固然部分反映一个国家的综合实力，但这件事情恐怕同人种关系更大。比如黑人，在体育方面就比较有天赋。肯尼亚人很瘦，但他们的长跑成绩就比较好。肯尼亚人长跑成绩好，他们的国力还是很弱。总之，我们应该明白，即使我们得的金牌世界第一，中国还是一个发展中国家。反过来说也一样，我们的国足输给了日本队，并不是我们这个民族输了，这个国家输了。我们似乎擅长把一般的问题上升到爱国主义高度。这种"脆弱"已成为一种民族性格，既自尊又敏感。这当然也是有来历的。

凡人都有情感。比如我们都会爱自己,爱家人,爱朋友,爱国家,这些都是好的。但有时候,因爱之名也会做出不好的事来。比如我们谈恋爱受挫的时候,就会不理智,比较容易走极端。但人之为人是因为人是有理性的,我们靠理性就可以对这个世界有正确的判断。凡人都有可能经历失恋,发生在你身上的事,会发生在所有人身上,没必要寻死觅活嘛。不是有句话,叫作天涯何处无芳草。这样一想,就容易想通,失恋也不是件大不了的事。这就是理性的力量。

体育本来应该是快乐而单纯的活动,参赛者也应该是兴高采烈的。但现在,我们赋予体育以太多的意义,我经常感到,民众的期待大大地超越了体育,运动员的压力因此也很大,这就不正常。我的看法是,我们可以有激情、有情感地观赏比赛,但也要理智看待输赢,我们应给体育减负,让体育回归它本来的位置,这应该是一种比较健康的态度。

写小说的人都知道,小说世界通常不能用"文如其人"去要求。我算是个比较内向、安静的人吧,但在我的小说里却有很多激烈的场景,甚至可以说比较迷恋于野蛮的事物。这就是补偿,我们现实生活中无法体验的事情,可以通过小说写作去体验。

像我这样一个整天待在家里写作的人,体育是小说之外的另一种补偿。这同读武侠小说时幻想做一个大英雄是一致的。老天没给我们运动员一样强壮的体魄,跑得不够快,身手也不够敏捷,但并不妨碍我们对跑得更快、身手更敏捷满怀向往。我们都是有审美能力的人,自己不美,但都知道什么是美。所以,我喜欢的体育项目首先要美,我比较喜欢那种比较协调的运动,比如足球,比如游泳,比如田径中的百米赛。这些运动的选手看上去像文艺复兴时期的雕像,肌肉健硕,线条流畅。

但是,并不是所有的运动都是这样的。有些运动,在我看来远离了运动本来目标,使身体变得向畸形方向发展。比如日本人的相扑,非得胖子才能干。我看不出有什么美感。我这样说倒不是歧视胖子,现实中的胖子都挺乐天、挺可爱的,我很喜欢。我的不满意是这种运动其实对人有异化作用。如果不去参加这种运动,说不定参赛者是一个体格协调的人,结果成了一名胖子——我相信,即使所谓天生胖子也大概不愿意自己胖的。我的一位朋友有一天对我说,他最讨厌杂技,特别对柔术更是深恶痛绝,那简直是自残!我觉得他的话是有道理的,他的话用来评论个别运动项目也是完全合适的。这些运动也有点自残的意思。在雕塑中,众神是多么完美。我希望在众神的国度里比赛,所有运动项目都是美的。但这是不可能的。

从体育原初的价值看,体育应该是单纯的活动,在公正的前提下,体育帮助人类激发潜能,激发其挑战自我的欲望。这就有点像西绪福斯推巨石上山,非功利性,非现实性,就为了心中的目标。但现实是复杂的,现在这原初的价值也只能是理想了。现在,商业这只看不见的手在主导着体育。只要是冠军,就会有滚滚利益等着他,各种奖赏不说,做产品的代言人更是财帛无限。于是,得冠军的动机就不那么单纯了。动机不单纯就会出现很多不干净的事,比如兴奋剂、黑哨什么的。

商业化也并非不好。商业化可以给体育注入新的活力,但我们还是应该保持体育的原初本色,不能因此而异化了。我写过一个长篇,叫《越野赛跑》,当然不是写体育,而是写人类同自己的欲望展开的比赛。人类就是这样,在欲望的驱动下,不停奔跑,不知道自己最终要跑到哪里。

2004.10.2

河边的战争

——童年时期的激情、审美和创造

一

回忆童年往事，我总会想起"战争"这个词。事实上我不可能经历战争，相反整个 1970 年代在我的印象里似乎显得十分安静，有那么一种神秘的气息，我们沐浴在领袖的光辉与思想之中。同所有乡下孩子一样，我被晒得乌黑发亮、油光可鉴，像非洲丛林里的黑人。那时我们不可能有现在孩子们常玩儿的变形金刚或奥特曼，对付寂寞的乡村生活的方法之一就是想象或谈论一下逝去的战争或未来的核大战。

对军人和英雄的崇拜贯穿我整个童年和少年时代。学校里有时候会请参加过解放战争或抗美援朝战争的退伍军人来为我们做报告。即使台上做报告的人十分矮小、丑陋，或伤残，毫无英武之气,但在我们眼里,他们无一例外地变得高大伟岸。我们会毫不吝啬地给予热烈的掌声。

那时候,我们迷恋于战争电影。《南征北战》《打击侵略者》《渡江侦察记》等几部战争影片我们可以说是百看不厌。

最让我着迷的是《回故乡之路》。这是一部越南影片,现在我已记不清具体内容了,我只记得有个小伙子在回故乡的路上遇到一群美国轰炸机,他就钻进废弃的弹壳里面躲避天上掉下来的像雨一样的炸弹。多么多么大无畏啊!多么多么乐观!我甚至能想象出弹壳里硝烟的味道了。同时我深深为自己没赶上大时代而悲哀,和平年代总是风平浪静,生活一成不变。

尚武的风气改造了我们的审美,那时我们认为世上最美的事物就是武器。我们都喜欢谈论最新式的军事装备,当然这些装备大都是道听途说,加入了我们的想象和创造。离当时最近的一次战争是中苏珍宝岛之战,因此我们都喜欢谈论这次战争中我军的英勇善战。一个比我们年长的高年级的孩子不知从哪里搞来了苏式武器的图片。他内行地告诉我们,苏式武器比如战机和坦克都用"T"这个字母开头,他说这个字读"图"。虽然这些武器都是苏联的,但我们还是认为这样的图片是全世界最美的事物。当时,孩子们中间流行自制火药手枪,在黑夜中打一枪,会在天空划出一条火舌。我当然也拥有一把,这把枪是我自己做的。为了找到用来制作手枪的铜管和铁件,我几乎翻遍了离我们村有七公里之远的小城边上废弃的金属堆。我的手被扎得伤痕累累。

军服成了世上最美的服饰。我的邻居就是军人之家,他们的两个儿子都参军去了。他们家的门框上有两块"卫国光荣"的牌子。兄弟俩非常英俊,浓眉大眼,穿上军服,那简直像是电影里出来的。

他们家的老二回家探亲来了。他的到来让整个村子的姑娘都丢了魂。老二比过去白净了一些,也更和气一些。我是多么羡慕他。那些日子,我远远地跟着他,像他的一条尾巴。我发现他说话有点怪,带着一点广播里的口音。这也让我喜欢。他们家前面有座小山。晚上,我坐在小山的石头上,看着他家的窗子。他家的两块牌子在月光中闪着黑色光芒。他们家的窗子一直黑着。后来,楼上的灯亮了,我看到那军人坐在灯下,手不停地梳理着头部,另一只手伸得老远。我不知道他在干什么,我以为他在练习我军的某个军事动作。后来,我才发现,这家伙的手上是一面镜子,他纯粹是在臭美。不过,这个动作丝毫没有降低他高大的形象。我觉得他是有资格臭美的,因为他穿着军装。他坐在灯下,看上去光芒四射。

我是多么想弄一件军服呀。这个愿望不是我才有,我的同学冯小强也有同样的渴望。有一天,冯小强跑过来对我说,那家伙把军服脱下来洗了,正晾在他家的院子里。我马上明白了他的意思,但我不屑于做这种事,我只同意给他望风。冯小强就爬到他家院子里面,把那件还没干的军服套在自己的身上。他站在那里,那军服把他的脚都遮住了,看上去他像电影里穿着长衫的汉奸。我笑起来,说太丑了太丑了。我一边笑一边假装拍照,嘴上发出咔嚓咔嚓的声音,直到他把军服脱下来,重新晾好。

我盼望有一件合身的军装,这个愿望要等到新年才可能实现。那时,不是随时可以添置新衣服的。那时,买布要布票,布票是定量供应的,置新衣的机会基本上是在过年之前。我们就等着新年快点到来。

新年终于到来了,可那种黄绿色的布料突然成了紧俏货。村里的供销社很快就脱销了,县城也没有。那些买到布料并做成了军装的孩子骄傲得不得了。有些孩子甚至还没到过年就把新置的军服穿在了身上。他们在军服外面系着一根皮带,皮带上插着自制的火药手枪。那些孩子经常排成一排,在村子里招摇,像是村子里的巡逻宪兵。

那些没有买到布料的孩子急得不行。他们缠着父母一定要想办法弄到黄绿色布料,否则他们宁可不置新衣服。眼看着过年就快到了,父母们开始对孩子们的无理取闹不耐烦了。他们威胁孩子们,真的不给他们添置新衣服了。说是这么说,父母们还是于心不忍的。他们开始想办法,办法总是有的。有一天,那个在城里开火车的名叫德奎的家伙回乡过年来了。每次,他回乡都会带来大包小包的东西,这些东西都是当时的紧缺货,有豆油、红糖

21

或白糖、面粉、火腿等。这次，他好像早就料到了似的，带来了一大捆米黄绿色的人造棉布料。他说，这种布现在十分紧缺，他知道孩子们盼着呢。德奎在村里的威信很高，他回到村里，几乎每户人家都要请他喝酒。他整天喝得面红耳赤，但从不喝醉。我当时以为，德奎这么干完全是助人为乐。多年后，父亲告诉我，德奎从城里带来的东西要比商店里贵一点，他也是从中牟利的。父亲说，他这完全是"投机倒把"。

母亲好不容易从德奎那里买到了布料。为此，母亲送给德奎一只鸭子。

我们终于拥有了军服。有了军服，还得有一顶军帽。这时候，我们的审美开始混乱起来，不那么革命了。我们觉得解放军的帽子不好看，不够威武。毛主席在延安时期戴的八角帽倒还算不错，但现在我军的帽子太普通了。这真是令人伤脑筋的事情，我们看电影时，都觉得国民党军官的服装比解放军的好看，特别是军帽，我军更是没法比。电影里的国民党军官，虽然长得难看，但那军帽还是让他们平添了威武之气。我们都很喜欢打入敌营的我军地下工作者，他们穿上军服真是英气逼人。那时候，流行一部叫《渡江侦察记》的电影，我军的侦察兵戴着国民党军帽，那高耸的帽檐，像凌空展翅的机翼，充满威武之美。我们当然不可能弄一顶国民党的帽子，但我们有的是办法。我们从山上搞来一些细竹竿，或者弄一些铁丝，盘圆了，装在帽子的顶上，于是，那帽

22

子的上檐像随时发射的炮弹一样向外伸展出一个优美的轮廓。如果说，当时有什么时尚的话，头上顶着这样一顶像飞机一样的帽子就是时尚。

在学期快要结束的时候，我们村突然来了一个摄影师。这个摄影师自称是县城文化馆的干部，来乡下采风，体验工农兵火热的生活。他来我们学校，对着在操场上撒野的我们，咔嚓咔嚓猛拍。我们听说胶卷是很贵的，这家伙在浪费胶卷啊。那时候，拍摄一张照片是极为奢侈的，只有城里有照相馆。照相馆一般在城里的主要大街上，照相馆有一个巨大的玻璃橱窗，橱窗里放置着一些漂亮健康但模仿着样板戏里男女主人公那样飒爽英姿的照片。在阳光灿烂的日子里，这玻璃橱窗反射出强烈而奢华的光芒，让我们目眩神移，让我们目光生痛。现在，我们多么希望这个家伙给我们照一张像那橱窗里的工农兵那样的照片啊。那人在拍摄的时候，我们玩儿得就有点拘谨，很是放不开。

有一天早上，大概第三节课的时候，老师突然对我们说，那个摄影师要给我们拍一张合照，这节课不上了。我们一片欢呼。老师要我们打扮一下，马上排队。

我们根据我们的审美，打扮自己。最好的打扮就是穿上军服。平常，不是每个人都穿着军服的，那些没穿军装的孩子像烈马一样往家里奔。我们希望戴着军帽拍照，但只是想想而已，那国民党式的军帽在学校里是不能戴的，老师不能容忍这种奇怪的装扮。我们感到遗憾。

那天拍照,冯小强是最后一个到的。我们见到他,都笑成了一团。因为,他穿着他弟弟的军装。那衣服很短甚至连他的肚子也没有盖住,袖子当然也短,露出一大截手臂。见到他这模样,连我们一向严肃的老师都笑了,但那摄影师却一本正经,脸上没有任何表情。他大概对这种事情见怪不怪了。

我的同学冯小强一直没有弄到一套军装,他的哥哥和他的弟弟却各自拥有一件。他是家中的老二,老二经常要被人忽视的。他的父亲在城里做工人,但不经常回家,对乡下的家不管不顾的。我们村里的人说,他父亲在城里有妖头,他的母亲因此脾气有些暴躁。他母亲经常坐在自家的门槛上面一边哭,一边骂城里的丈夫,或者拿一根棍子追打冯小强。她不打老大,当然也舍不得打老小,她就打冯小强。我们经常看到冯小强像一只被猫追逐的老鼠一样四处逃窜。冯小强是他母亲的出气筒。冯小强当然也想拥有一件军装,但他的母亲是不会满足他的要求的。

我们排成一排,照片很快就拍好了,真是一眨眼之间。摄影师在收拾他的家伙的时候,我们还齐刷刷排着队,一动不动,脸上是那种想笑却笑不出来的僵硬的表情。摄影师黑着脸说你们可以去玩儿了,我们才知道结束了。我们有点不相信真的被摄入了照片。我们甚至怀疑摄影师在欺骗我们。

那个摄影师给我们拍完照后,离开了村子。奇怪的是,我们很快就遗忘了拍照这件事,好像这件事不存在,好像那个搞摄影的文化干部从来没来过我们村。直到有一天,替邮局送信的长脚阿信拿来一只大大的信封,我们才确信我们真的被那人摄入照片了。

这是我们平生拥有的第一张照片。照片里的我们或多或少有点傻,看上去一副哭笑不得的样子。特别是冯小强,因为衣服紧贴着他,看上去身材显得很小,头却很大。他的眉头紧锁着,眼神中有一丝怀疑和不安的神情。这些穿着军装的孩子看上去一点都不英武,有点像溃败的国民党兵,显得无精打采。这同我们想象中的相去甚远。我们深感失望。

二

一条江流过我们的村庄。这条江叫曹娥江。这是一条充满了历史和故事的河流。在这条江的边上,诞生了一个千古爱情神话——《梁山伯与祝英台》;在这条江的中游,有一座著名的山,叫东山,就在我们村的北面,这山上曾隐居过一个叫谢安的人,他给汉语贡献了一个成语叫“东山再起”。曹娥江的上游有一条被李白歌咏过的著名的溪流,叫剡溪。当年王子猷雪夜访戴时,他就是顺着剡溪,乘着小船去的。剡溪的所在地是越剧的故乡。越剧就是通过这条江走向外面的世界的。

但当年,我对这些一无所知。当年,在我眼里,这条江只是我们的一个乐园。

　　江上的乐子真是很多。每年,夏天到来的时候,我们就急于下江游泳了。那时候,水还很冷,我们脱光衣服,光着屁股跑到水里,然后就大呼小叫起来。但一会儿,就不感到冷了,身子会有一种暖洋洋的感觉,这是冷水刺激的缘故。另一个原因或许是我们在水里剧烈运动。但如果下水的时间过长,身子就会慢慢变冷,冷得牙齿打战,然后,脸色会变青。

　　游完泳,我们就在岸边光着身子晒太阳。我们村的河道上有一座桥,桥上有宽不到二十厘米的石栏杆,我们经常在这石栏杆上来回走。这是十分危险的动作,要知道,这座桥下面不是水,而是岩石,要是掉下去,就没命了。但为了证明自己是个勇敢的人,大家都愿意冒这个险。

　　我们这么干当然是瞒着大人的。有一次,我在桥栏杆上来回走的时候,被我奶奶看见了。我奶奶把我管得很紧,因为我父亲只有我这么一个儿子。那天,我奶奶见我做如此危险的动作,吓得差点晕过去。我奶奶的脾气十分暴躁。她拿着一根足足有十米长的用来晒衣服的竹竿子,二话不说,就向我的头砸来。我奶奶老眼昏花,没砸中我,倒把别的孩子的脑袋砸得起包。我见情势不对,也没穿衣裤,就光着身子跑。一度,我光着屁股在村子奔跑的情形被当作一个笑话流传。我当然不能容忍这样的笑话,为了让他们不再传播这个笑话，我至少同五个孩子打过架。

从小在江边长大的孩子，水性都很好。我们可以平躺在水面上打盹儿。当然不是真的睡着了，真睡着了肯定要沉下去的。这样躺着是可以恢复体力的。因为有了这么一个法宝，我们才有胆量横渡宽阔的河面。

在渡河的时候，我们的脑子里有很多电影中的画面，都是炮火连天的战争场面。我们在向对岸游去。疲劳的时候便仰泳，这是一种不太消耗体力的姿势。躺在水面上，仰望天空，天空非常蓝，非常深邃。这是和平时期的天空，战争只在我们的幻想之中。

在我们的想象中，在对岸，有一场战争等着我们。是的，是战争。对岸的沙滩上是瓜地，有西瓜、黄瓜，当然还有一个拿着猎枪的看瓜人。我们知道靠近瓜地有多么危险。如果我们胆敢去偷西瓜，那个看瓜的家伙据说真的会开枪的。在游泳之前，我们坐在岸边，想象着西瓜的红瓤，咽了一肚子的口水。我们在游向对岸时还没有想好要不要去偷西瓜，但当我们看到阳光下闪耀着墨绿色光泽、中间有着一条一条淡黄色的蕾丝花边一样图案的西瓜时，我们决定冒这个险。

我听到了自己的心跳声震天动地。四周的一切突然不存在了，我好像落入真空之中。意识也消失了，仿佛做出那一系列的动作的人不是我，一切像是脱离了我的控制，然后，我感到一个黑影从眼前飘过——也许就是那个看瓜人，我急忙捧着西瓜，跳到江河里。我一只手托着西瓜,另一只手和两只脚拼命地划水。我一边游一边担心自己的屁股,希望那家伙的猎枪不要打中我的屁股。据说那家伙专打孩子的屁股,打屁股不会死人。直到游出一段距离,我们才松一口气。回头张望,发现对岸什么都没有,虚惊一场。那个看瓜人也许在棚子里睡大觉呢。中午知了声声,正是睡午觉的好时候。

西瓜这会儿浮在江中,看上去像一只水雷。我们都看过《多瑙河三角洲的警报》。那是一部罗马尼亚电影,讲述的是海员扫除水雷的故事。我们假装浮着的西瓜就是水雷,做着电影里的动作,不触碰它,而是用掀起的浪推着西瓜。我们这样玩儿了一会儿,然后就托起西瓜,游向对岸。在沙滩上,我们开始享用战利品。西瓜虽然很大了,却还不熟。因为冒险的原因,我们吃得分外香甜。

曹娥江上面穿梭着许多船只,主要是黄沙船。黄沙船排成一排,前面有一只机动船开足了马力拖着这十多只沙船。机动船和沙船之间有一条足足三十米长的绳索连接着。我们喜欢游到那根绳子边上,用手攥住绳子,于是我们就被机动船带动着往前冲,水流就会冲击到我们的头上,我们有一种像毛主席诗词所写的"浪遏飞舟"的感觉。有时候,我们会爬到沙船上,和那些船工聊一会儿天,再跳到江水之中。

在我们南方,炎热的日子总是十分漫长。夏季变成了秋季,对岸的西瓜变成了豌豆,但气温依旧很高。我们称这样的日子为"秋老虎"。我们继续干着这种偷鸡摸狗的事情,当然这种事被我们改装成为深入敌后的英雄行为。这样搞来的豌豆我们不能拿到家里去,那等于给大人们一个揍我们的机会,我们没这么傻。我们从家里拿来钢锅,从四周捡来枯死的芦竹,然后把豌豆烧熟。吃起这样的野食来,我们总是格外地津津有味。

开始有了潮水。某一年的假期,我去曹娥江下游的外婆家。我的小舅比我大不了几岁,他在正午时分带着我去沙滩。外婆家离海已经比较近了,所以,海水通过潮水会倒灌到曹娥江里。小舅告诉我,海水会带着梭子蟹来到沙滩上。我们在正午时分耐心地等待着潮水退去。

一会儿潮水就退去了。沙滩上会出现一个一个的水潭。平常,梭子蟹是不多的,运气好的话可以捉到四五只。但有一次出现了奇迹,沙滩的水潭中到处都是梭子蟹,搞得小舅和我都觉得像是在梦中。这些蟹有巴掌那么大,它们的壳刚刚蜕换,摸上去非常柔软,因为柔软,这些蟹不像平常那样凶猛,行动也很笨拙,它们几乎在温暖的江水中睡着了。我们轻而易举就可以捉住它们。当时,我们带去两只大的鱼箕,都装了个满。我们好不容易才搬回了家。因为这种蟹要在海水中才能生存,到了岸上马上要死的,所以,我们赶紧烧了吃。柔软的盖下面,蟹膏是多么的黄、多么的厚啊。我们把肚子填得圆圆的。太奢侈了。

在田野和河流里，还盛产着毛蟹。这种蟹一般钻在很深的洞里面，很难捉到它们，但我的小舅是捉毛蟹的能手。

根据我小舅的经验，捉毛蟹得在中午，烈日当头，四野寂静，鸟鸣与蛙声零零星星，这时毛蟹在河畔浅水处的那些泥洞中打盹。用一根软竹篾片伸进洞去，伸到洞底，轻轻捅几下，然后抽出竹片，一会儿，毛蟹便会爬出洞来，只要动作迅速便可以捉到它。在小舅的指导下，我成了一个捉毛蟹的高手。

我和鱼没有缘分。那时候，我经常在江中钓鱼。我先在钓钩上挂上诱饵，趁着黑夜，放到江中，但第二天早上收钓时，往往一无所获。但我同毛蟹的缘分很好，捉毛蟹从来不会空手而归的。我曾碰到一件神秘的事情。那是一个大雾天的清晨，我起得特别早，来到江边收钓，突然，我看到一只毛蟹飞了起来。它满嘴泡沫，飞了十多米，我赶紧跑过去把它捉住。毛蟹会飞我百思不得其解。后来学了物理，知道有个阿基米德定律，想也许是雾天空气比重大，毛蟹吹的气泡轻便上浮了，于是毛蟹难得有了坐飞机的感觉。

最美味道的毛蟹我们叫它"老铁锈"，凶猛、张扬，壳坚硬异常，有类似铁锈的斑点，蟹钳的毛像森林一样浓密。这样的毛蟹吃起来香气扑鼻，那膏嫩而肥美，真是回味深长。

有一次，我和冯小强一起去捉毛蟹。我就捉到一只这样的"老铁锈"。炫耀，但他木然着脸，好像不以为意的样子。我多么想他能表示一下羡慕啊。过了很久，冯小强才不经意地说，他想看看我的"老铁锈"。我很高兴，把蟹取出来，递给他。冯小强看完后，又放回我的鱼箕中。他的脸上还是没有表情。回到家，我发现我的"老铁锈"自杀了，一只蟹钳插在蟹脐中。我知道是冯小强干的，我非常愤怒。

我和冯小强的战争就是这之后开始的。每天放学，我们俩总是最先走人。他走在前头，我紧跟着他，相距不到两米。他一定感到了我的威胁，就站在村边的那座小山脚下等我，然后我们就打起来。这家伙的鼻子容易出血，没打多久，他就会血流满脸，但这不会使他屈服，我们两个人都有点玩儿命，扭打在一起，直到筋疲力尽。我们谁也赢不了谁。力气恢复过来后，我们无心再战，嘴巴当然不能示弱，相互骂骂咧咧，然后回家。因为山脚下都是石子，所以，在地上打滚的时候，我们的皮肉都擦出了血痕。汗水一浸泡，皮肤有点痛。

这之后，我们几乎每天要打一架，像一对冤家。

班里的孩子都是村里人。放学后，经常在一起玩儿战争游戏。我和冯小强当然也加入了这个游戏。玩儿战争游戏得分成两个阵营，我和冯小强不会分在一起。因此，这不但是两个阵营的较量，也是我们两个人之间的战争。我们经常玩儿的游戏就是打泥仗。这个游戏是这样的：划成两个阵地，相互用泥块攻击对方，只要有人冲到对方阵地就算赢得战争。

在那些战争电影中,等待发起总攻的我军将士,头上总是插着树枝做成的掩饰物。想起来在战争中,我们当然也得有一顶这样的帽子。我们一般用河边的柳枝编扎。太阳依旧在头顶,我们戴着柳枝编成的掩护帽,感到很清凉,同时因为这个道具,使战争的气息更为浓烈。

我从小有着一意孤行的气质。我很勇敢,往往在对方的炮火最为猛烈的时候,就冲锋陷阵。那些泥块会像冰雹一样砸到我的身上和头上。一般来说,我们都主张用比较软一点的泥块,禁止用石块。但有一次,我的额头被一块坚硬的东西砸中了,血马上流了下来,我的额头留下一个大大的口子。我当即愣住了。我站在那里,用怀疑的目光注视着对方的阵地。他们看到我头上的血水都惊呆了。双方都安静下来。我一直瞪着冯小强,目光锐利,我怀疑是冯小强挟私报复,但冯小强没看我一眼。我想,我不会放过冯小强。我一定要查出那个砸我的人是谁。如果是冯小强,我要以牙还牙,用石块砸破他的头。

转眼就到了九月,台风季节来了。同台风一起来的往往是狂风暴雨。暴雨过去后,洪水跟着就来了,曹娥江水就会上涨。这时,这条河会变得十分暴虐。不断会有附近的村庄因决堤遭受水灾的消息传来。那些洪水泛滥的日子,我们就会坐在高高的大坝上,看江水湍急地向北流去。江面上会漂来一些木头、家具、牲畜还有尸体。如果见到了尸体,村里的人就会把他捞上来,停放在岸边。这时候,我们会感到这世上有某种不祥而怪异的气味。我们觉得这世界因为死亡而变得不真实起来,变得安静起来。

那些日子,我和冯小强之间的战争停息了。

关于冯小强,我还想多说几句。长大后,他非常讲义气,有很多小兄弟跟着他。后来,他因为参与团伙盗窃,被抓去坐牢了,但他没供出一个同伴。从牢里出来后,他的朋友把他当成英雄,他成了核心人物。后来,他就去城里发展了。有一次,我回乡,他刚好也在乡下,还特地来看我,非常友好,讲起过去的事,他的脸上露出孩子气的神色。我问他在干什么,他说,瞎混。他抽的是中华烟。我说,你混得不错。他笑笑。

三

我的邻居、那家的老二回到了部队。有一阵子,村子里的姑娘们都像没头苍蝇一样,神情迷茫。那个军人走后半年,我们村出了一个桃色新闻:老根家的闺女怀孕了。几乎所有人都认为这是那军人留的种。因为军人探亲那会儿,他整天和老根家的闺女混在一起。

这件事让我们十分震撼。我们觉得那个军人特别流氓。我们无法接受一个英武高大的军人干出这种“猥琐”的事情。在我们的感觉里,只要是正面人物,是没有这种七情六欲的,电影里的

33

英雄从来就不谈情说爱，当然也不会把姑娘的肚子搞大。那年月，在我们的词典中没有"爱情"这个词，有的只有阶级斗争。

我们感到四周突然出现一个深不可测的黑洞，原来完整的世界，一下子显得有点支离破碎。这个带着深邃、神秘气息的事件把我们的思想击中了。我们发现，除了战争，这世界还有一些隐秘的事情，也一样是激动人心的。我们满怀好奇，开始把目光投向成人。

在父母去田里劳作的时候，我开始在家里翻箱倒柜。父母们似乎总是藏着一些见不得人的东西。有一次，我从家里翻出几本书，那是关于马王堆出土文物的画册，在这些书中还有一本手抄本，是郭沫若写的，郭沫若通过汉墓中出土的一粒西瓜籽推演了一个关于女墓主的惊心动魄的故事。我一口气把这手抄本读完了。我感到时空倒转，空气也同往日不一样了。我像是进入了幽深的历史之中，特别是女墓主的爱情故事，被郭老写得缠绵悱恻，把我看得柔肠寸断。那段日子，我感到我的胸腔中似乎晃荡着一些温暖的水。

温暖的叙事就这样降临到我的生活中。这故事把单调的日子填满了，好像这天地之间因为有了这些故事而变得充满了芬芳的气息。那个手抄本开始在同学之间流传。那些日子，我们的眼睛发亮，觉得一个新的世界已经向我们打开了。

故事自然也改变了我们看待世界的目光。比如，我们投向那些年轻的小伙子和姑娘的目光有了复杂的羡慕的成分。我们感到时间变得分外漫长，觉得自己似乎已停止了成长。我们恨不得自己快快长大成人。

1970 年代有限的电力在支撑着城里的工业，乡村老是停电。在煤油灯下那些比我年长的似乎见多识广的小伙子和姑娘会打情骂俏，偶尔他们会谈论一下他们从书上看来的故事。这些故事大多与战争有关，常常是一些传奇。战争造就了故事无限的可能性，在我听来，这些故事浪漫、温暖。当然，油灯下正在滋长的爱情也让我们感到浪漫和温暖。

一本手抄本出现，另一些手抄本跟着出现了。这世界就是这样，只要某一扇门打开，就会向你展示一个前所未有的幽深世界。不久我们搞到了第二本手抄本《一双绣花鞋》，这本熔侦探、爱情、革命、凶杀于一炉的手抄本，一样让我如获至宝，读得如痴如醉。

手抄本都是"非法"的，通常的说法是，这是"黄书"。因此，读这些书，我们有一种越轨的快感。我们的传阅完全是秘密的，不会让老师也不会让家长知道。

我和海胖交上了朋友。海胖是我的同学，他也迷上了手抄本。他经常同我讨论手抄本里面的故事。我建议海胖去自己家里翻箱倒柜一番，说不定有什么惊人的发现。海胖叫我一起去，我想了想，就去了。

海胖家属于深宅大院，给我一种深不可测的感觉。我一直认为这样的人家应该评上地主。他们家阴冷的气息和白屑如潮的墙壁同我想象中的地主庭院相符，更重要的是海胖家还有一位严肃的小脚奶奶，总是在每天午后开始念念有词。大人们说她是在念阿弥陀佛。这是封建迷信啊，可奇怪的是没有一个人找她的麻烦。我对海胖奶奶念出的这种嗡嗡嗡的声音，心怀畏惧。我平时不太去他家玩儿。

海胖家看上去像是藏着一些封建糟粕，结果，那天一无所获。

一天，海胖终于搞到一本叫《白蛇传》的连环画。我们把头凑在一起，仔细读了这则故事。读完后，我们开始争论究竟是白娘子可爱还是小青可爱。也许我们心里觉得白娘子还是充满母性的，但我们一致认为小青更可爱一些，因为她性格刚烈，斗争性强，更有革命精神。

那段日子，我们显得有点鬼鬼祟祟。我奶奶火眼金睛，我们的古怪行为很快引起了她的注意。有一天，她把我和海胖拖进里屋，问我们在搞什么鬼。在她的高压政策下，我们只好把看"黄书"的事和盘托出。但奶奶的反应很快打消了我们的罪恶感，她说，这算不得黄，黄的还有呢。于是奶奶关起门，脸上露出诡秘的神色。

一会儿，她就拿腔捏调，唱了起来。她唱的是梁山伯和祝英台的故事。那时候，我们听的都是刚性的革命歌曲，乍一听这种软绵绵的音调，真有说不出的舒服。我感到四周一下子变得非常安静,好像这世界真的有了什么改变,好像随着那些唱腔,周围开出了花朵,暗香浮动。多年后,我才知道她唱的是越剧。

我们总是缠着奶奶唱戏。我们还听了《西厢记》,听了《钗头凤》,直到奶奶翻不出什么花样为止。我慢慢对这种调子熟悉起来。我觉得这种剧种、这种唱腔,确实十分适合儿女情长。奶奶的故事令我们目光恍惚,眼神变得温和起来。童年无知,那时我一直把梁祝故事叫成《两只爱司》,多年后,我才知道正确的叫法应该是《梁祝哀史》。

我觉得儿女情长也是件不错的事。我重新读了一遍《白蛇传》。读的时候,我有一种强烈的愿望,希望同许仙谈情说爱的不是白娘子,而是小青。为什么不能有既有战斗性又具有温柔情怀的女子呢?我还希望许仙最好像革命者洪常青那样坚强。我希望这个爱情故事可以改成一个革命的浪漫主义故事。

这些故事令我满怀伤感。我开始变得安静起来,不再热衷于战争游戏了。我和海胖经常坐在江边,看对岸公路上的汽车。这些故事改变了这个世界,使世界更为广阔。我开始把目光投向外面的世界。而公路就是一个象征,它一头连着遥远的地方,一头连着我们村庄。我们的目光开始变得遥远起来。

公路上的汽车一直在变化。早几年,公路上出现的是笨重的苏式卡车,后来,国产的"东风"卡车多了起来。但现在,公路上会突然出现一辆漂亮的日本车。真的很漂亮,小巧,光滑,在阳光下一闪而过,就像昙花一现。虽然这种车非常夺人耳目,但我们还是给它起了一个难听的名字叫"日本矮子车"。

我们听说,我们已经和日本人和好了,据说这些车是日本人送给我们国家的,这些车就是和好的见证。我们也听说美国总统尼克松也来北京讲和了,我们的敌人现在都想成为我们的朋友。这令我们非常困惑。我想起我看过几十遍的《地雷战》《地道战》,想起电影里那些操着古怪中国话的可恶而倒霉的日本鬼子,竟然有一种做梦的感觉。我突然发现战争似乎是一件十分遥远的事情,遥远得我这一生都够不着,只能是一个巨大的背景。

现在想来,童年时期,我想象里的战争没有邪恶的一面,那是一种诗性的存在,具有精神的特质。我甚至想,那时对战争的怀想一定是全民的精神生活。战争让我们想起延安、革命和共产主义这些词语。

1949年以前,我的家乡也有过几次战争,这在临江那座山上深浅不一的战壕上可以寻见当年的蛛丝马迹。有一段日子,我和我的伙伴们开始拿着锄头、铲子去扒战壕,希望发现一颗子弹或一枚炸弹。我想,我们当年的劳作与一个诗人的创造有共同之处:激情与梦想。

我不知道现在的孩子们是怎样看待战争的。我猜现在的小孩大概也会有一个尚武年龄段的,但一定不会有我们那时的狂热。现在的孩子稍大后,他们便把更多的热情献给了那些明星偶像了。我想这是好事情。现在我想我已经知道现实中的战争是怎么回事了。我知道伴随战争这个词周围的不是诗意，而是饥饿、疾病、死亡，是绝望和无家可归的无辜平民。

2003年已经过去了。这一年，我目睹了一场战争。美英两国用世上最先进的军事装备对伊拉克进行了狂轰滥炸，然后，迅速占领了伊拉克。我在电视上目睹了死亡，目睹了种种人间悲剧，目睹了独裁者萨达姆的铜像被民众推倒。面对这样的战争，我发现我很难"政治正确"，我的情感是无比复杂的，不是"支持"或"反对"可以清楚地判定的。很多时候，生命的感觉比理念更为复杂，更为缠绕不清。

这世界从来没有平静过。1990年代，善战的南斯拉夫人从电影里走向了现实，他们扛起了武器，展开了种族间的战争。南斯拉夫，我是多么熟悉！70年代末期，南斯拉夫的电影进入我国。我特别迷醉于《瓦尔特保卫萨拉热窝》这部炮火连天的影片，斯拉夫女郎神秘的眼神至今还留在我的记忆里。那时候，我们所看到的少量外国片一般都来自社会主义国家，并且经常是战争片。大概被资本主义包围的南斯拉夫人比较容易受西方惊险片的影响，拍的电影比国产的好看。后来流行一时的《桥》就证明了这一点。那时候，我和我的伙伴们一致的看法是南斯拉夫人特别善战。完全不像我们在电影里看到的游击队员打击侵略者那样是非明了，现实中的战争错综复杂。我们从电视上经常可以看到萨拉热窝。

如果不是战争,"萨拉热窝"这个词会引起我温馨的怀旧之感。战争让这个城市充满了弹痕和尸体。说来奇怪,漫长的战争存留在我脑中的并不是那些签了又撕的和平协议及由政治家们演绎的一个又一个事件,而是那些来自民间的消息。我不会忘记当漫长的冬天到来时,是一家由五个人组成的私人电台伴着萨拉热窝人度过了饥饿、寒冷及美好的圣诞,给苦难中的人们带去心灵的慰藉。还有那部叫《萨拉热窝恋人》的电影,讲述的是一对恋人在萨拉热窝一分为二的日子里相互寻找、相互思念的故事。令人欣慰的是即使在战争中一样存在爱情及美好的人性。

现在我大概已经变成了一个和平主义者,有时候甚至懒得为生存而争斗。我很清楚,现实的战争如《回故乡之路》中的那个小伙子,是无奈的,更重要的是回精神的故乡,我想那里充满了和平和宁静。但这不是一条平坦之道,同物质世界一样,这也是一场战争,它更为隐秘,不见硝烟,然而惊心动魄。

2004.1.4

暗自成长

——与电影有关的往事

一

对世界的最初认识始于 1970 年代。那时候，一个乡村孩子对这个世界的认识来自田头广播、大人的片言只语和没完没了的战争电影。我们从电影里认知了抗日战争和解放战争的历史。我们由此认识了这个世界，知道美帝国主义、日本鬼子、沙俄和德国宪兵。田头广播连接着伟大首都北京，从那里我们感受毛主席挥舞的大手和思想的光芒。我们都知道毛主席的大手一挥，整个中国就生动起来。乡村的天地就这么大，但通过广播和电影，世界的边界得以拓展。如果那时候，要我画一张地图，那么，北京理所当然就在世界的中心，我的村庄则紧靠着北京——实际上我的村庄距北京一千八百公里。我的志向远大，在一个闭塞的乡村怀抱着有朝一日把全世界处在水深火热中的人民解放出来的理想。

后来,小情小调开始出现在人们的生活中,广播上软绵绵的抒情音乐代替了刚性宏大的战斗歌曲,说明社会的斗争性减弱了。电影的内容也随之改变,银幕上出现了一些柔软的内容。对一个孩子来说,这些电影令人惊艳:柔软的身段,华丽的服饰,缤纷的头饰,迷幻的脸谱,一切显得腐朽而糜烂,帝王将相气度庄严,才子佳人缠绵悱恻。是的,我说的是戏剧电影。我看到的戏剧同我们的现实生活没有关系,却可以击中我们的情感。我们都看过样板戏,样板戏的服饰是我们时代的装扮,既写实又夸张。但这些戏剧一点也不实际,一招一式,像是空中的舞蹈,显得清丽而寂寞。

世界在一点一点打开。世界有着它光滑的表面,也有它复杂的肌理。现在,幽深神秘的地带向我敞开了,我感到这世界出现了一些原来我浑然不觉的消息,这些消息不是来自北京,也不是来自我自制的版图,而是来自我的内心。

更确切地说,我的内心被某种力量裹挟了。当时,对戏剧的迷恋几乎是乡村的全民运动,无论老幼都参与了这一拨的追逐。乡村电影总是在晒谷场放映,我们早早搬了凳子,占据有利位置,看着太阳从头顶偏向西方,然后,太阳又一点一点从西边的山下沉落。等待的时间分外缓慢,黑夜迟迟不来,就好像这世界只留下白天本身。但夜幕还是会准时降临的,然后银幕上开出艳丽的花朵——那种垂死的封建主义花朵,我觉得那像是天堂降临到人间,银幕上的一切具有非人间的气味,那布景上的一切莫不似想象中的仙境。

乡村电影往往在一个晚上要在附近的村庄轮流上演,我们叫作"跑"片。这个村庄放映完后,迅速传给另一个村庄。因此,如果我们村庄是天黑开始放映,那么另一个村庄则要在晚上九点之后,再下家就得在凌晨了。我们为了再看上一遍,往往跟着片子跑,从这个村庄辗转到另一个村庄。虽然刚看过一遍,但我们依旧看得津津有味。有时候,实在太困了,也会在操场边的某个草垛上睡去。醒来的时候,电影已经散场,操场上充满了落寞的气息,然后,就起来奔回自己的村庄。通向家的路充满了诡异的气氛,脚步声在黑夜里带来回声,就好像有人跟随着你。你跑得快,他也跟得快,就好像尾巴上跟随着一个鬼魂。我的心蹿到了嗓子眼,由于惊恐,有时候会哭出声来。直到回到家,才松一口气。

我们迷上了电影《孙悟空三打白骨精》。这是一部绍剧电影。绍剧是一种很特别的戏剧。在鲁迅的《阿 Q 正传》里,阿 Q 平时哼唱的"手执钢鞭将你打……",就是绍剧中的唱词。绍剧高亢、激越,同绍兴的民风颇为相似。绍兴人身上有一种颇为强悍刚烈的东西,绍兴人是颇具革命性和破坏欲的。绍兴是江南的异类。出生在绍兴的鲁迅被称为硬骨头自有其来历。孙悟空唱着绍剧,在银幕上变幻莫测,腾云驾雾,七十二变,一个筋斗十万八千里,火眼金睛,妖魔现形。我多么希望自己就是那个孙行者,那么人生就简单了,所有的愿望顷刻间就可以达成,什么都不在话下。

越剧《红楼梦》把银幕的灿烂推到了极致。那富丽堂皇的亭台楼阁、如水的女性、绚丽的服饰、烟花般的灯火,再加上故事的缠绵,令所有人神魂颠倒。

但是真正的《红楼梦》比电影要复杂得多。有人开始讲述曹雪芹的《红楼梦》。讲述者是一个劳改犯——一位曾经的教师,因为犯过作风问题而银铛入狱。他从牢里出来后,回乡成为一个农民。在夏日的夜晚,他家的院子里聚满了人,月光照耀着黑压压的人头,他温柔的声音在夜色中缓缓回荡。他讲述的《红楼梦》充满了神话般幽深的气息。我们都知道了前世的姻缘,那个林妹妹原来是绛珠仙草,而那宝哥哥是神瑛侍者,神瑛侍者以甘露浇灌绛珠仙草。林妹妹来到世上是来还"原债"的,她将把上辈子领受的甘露以眼泪的方式还清。林妹妹的眼泪,注定是流不干的。这个故事从戏剧的热闹,转变成至情的悲剧。人们听得不胜唏嘘。

后来,听众慢慢减少了,那个劳改犯的《红楼梦》虽然没完没了,但听多了我们也就感到无聊了。听众还是有的,慢慢地,只剩几个妇女和姑娘了。后来,这几个女人为这个风流成性的男人争风吃醋起来。在某个黑夜,这个男人被打成了重伤。

绍兴一地,诞生了两个剧种:一个就是前面所说的绍剧,充满了阳刚之气,适合金戈铁马。另一种是越剧,则是阴柔缠绵,适合儿女情长。这是十分奇怪的现象。就像周家,诞生了两个性格不同的人,一个是刚烈的鲁迅,另一个是平和的周作人。

我的村庄就在离绍兴城不远的曹娥江边。我喜欢绍剧,也喜欢越剧。高兴的时候,便会歇斯底里地吼几句绍剧,如果有点少年式的小小伤感,那么就哼几句越剧。绍兴既有绍剧式的大爱大恨、直来直去的一面,也有越剧式的含而不露、委婉曲折的表情,绍兴的个性是很两极化的。

村庄的女人们大都喜欢越剧。那些年轻姑娘开始寻觅她们心目中的"公子"。她们用麦秸秆编织扇子,在扇子中织上电影里的唱词,送给心上人。乡村的恋爱在戏剧的熏陶下,似乎有那么一点"鸳鸯蝴蝶"的味道了。

二

那年夏天,我感到身体分外轻,又觉得体内充满了力量。我们还是像往年一样,刚入夏就跳进曹娥江游泳。往年,在江水中游泳都是赤身裸体的,但这一年,我总是穿着一条短裤。我感到我的身体有了一些令人脸红的变化。

我对戏剧电影也有点腻烦了。那唱腔,曲里拐弯,婉转曲折,没完没了,终究还是磨人耐心的。幸好,这时候,乡村开始放映一些20世纪三四十年代的老电影。

我们国家拍出了新的故事片。这些故事片讲述的就是眼前的火热生活。有一部电影讲述了一个公交车班组里的故事。电影的名字忘了，但我现在还清楚记得观后的感受。我觉得银幕上的人物和故事浪漫迷人，充满了乐观和纯真。公交车上的司机和售票员都是年轻人，他们恋爱、欢笑、歌唱，就像那个时代一样充满重新解放的新时期的喜悦。现在看来，这也许是一部糟糕透顶的电影，但当时我却因此对城市生活充满向往。公交车自然成了我想象中的城市的重要表征物。熙熙攘攘的人们、鱼贯而出的乘客、沿马路热气腾腾的小吃、姑娘的裙子、色彩各异的气球、漂亮的发式、高耸的建筑，通过电影进入我的内心。我牢牢地记住了它们。它们叫城市，与我所在的乡村完全不一样，那个在银幕上的世界，光彩夺目，像是一些精致的玩具。它是我的乡村的反面，就像现在乡村是很多人心中的乌托邦，那时候城市是一个乡村少年的乌托邦。

一批早年拍摄的老故事片开始陆续在乡村放映。《舞台姐妹》《一江春水向东流》《女跳水队员》《冰上姐妹》这些电影向我们展示一个不同于革命的世界，一个充满女性的舒展、柔美的世界，至少这个世界的女性在外表上远比革命女性绚烂。革命女性服饰统一，她们的美掩藏在蓝布衣衫下面。这样的世界同样连接着一些深远的传统，那是一个我们不知道的传统，这个传统我们过去叫它"旧社会"。通过电影，我发现"旧社会"自有其迷人的气味。《一江春水向东流》向我们展示了一个大时代的上海，一个糜烂腐朽的上海，一个金碧辉煌的上海，一个虚无缥缈的上海。十里洋场、华灯凄迷，风华绝代、柔情万种。这是一种时间上的拓展，如同那个我最初绘制的关于这个世界的版图需要重新调整，对历史的错误认知也必须得到修正。

我喜欢上了上官云珠演的那个角色。她不算是个漂亮的女性，白杨看起来比她美丽端庄得多，但她在电影里比白杨更性感、更放浪。她胸部高耸、肌肤裸露，她和男人跳贴面舞，和男人打情骂俏，和男人在床上打滚，场面令人想入非非。

看《一江春水向东流》是个仲夏之夜。那天晚上，我躺在自家的阳台上，失眠了。我脑子里全是色情的场景。一个少年对色情的想象资源有限，他还没有见过女性的身体，不知道女人的秘密，他想象中的女性虽然赤身裸体，但形迹模糊，十分可疑。到处都是水，不是白天的水，是昏暗的夜晚的水、暧昧的水，水中女性众多，像莲花，层层开放，而我像鱼儿一样在这些花朵丛中穿行。

这个场景不是凭空而来，而是来自我不多的经验。早些年，知青还在乡村，他们带来的作风令人吃惊，有的很令人不齿。事情同电影还是有点关系。有电影的晚上，是乡村的节日。孩子们在操场上撒野。他们模仿电影里的场景，都喜欢扮演反面角色，因为反面角色可以随心所欲，胡作非为。他们在人群中钻来钻去，是操场上最为活跃的一群。小伙子和姑娘们挤在放映台边。

他们看着转动的胶片，好像那机器里面隐藏着无穷无尽的秘密，他们脸上没有表情，但实际上内心激情澎湃，那是因为小伙子和姑娘在黑暗中肌肤相触的缘故。对他们来说，银幕下面的现实比电影更令人兴奋。那些投入地看电影的人，在欢笑或哭泣。乡村的妇女们识字不多，但多愁善感，她们真诚地相信电影里的一切。可是，在这样的晚上，出现了一些超越乡村道德的事件：一个男知青约了女知青去水库游泳，据说那女知青一丝不挂。在我们乡下，女人是不能下河游泳的，她们只能在房间的澡盆里洗澡。这个消息最初在大人们中间流传，但没过多久，孩子们也知道了。显然在黑夜水库中游泳的男女的吸引力超过了电影，操场上的孩子们陆续地赶去了。我们趴在高高的水库大坝上，远远地观看那对玩儿水的男女。他们发出扑通扑通的声音，像两条相濡以沫的大鱼。夜色昏暗，我们无法看清他们，但我们每个人好像都看清他俩白白的身体，像鱼肚一样白而细腻的城里人的身体。那个女知青，有身好皮肤，乡下人的皮肤粗糙、幽暗，女知青的皮肤就显得有些不真实。乡下人夸她像电影里的姑娘。我们在想象里看清了他们的样子，我们在黑暗中神经质地咯咯笑起来，相互做鬼脸，吐舌头，骂他们是流氓。

现在那对令我不齿、令我笑掉大牙的年轻知青，成了我色情想象的来源，并且男主角换成了我。当然，还得有女主角。她是谁呢？她几乎是同时出现在我的想象中，她的那张脸在无数面目模糊的女孩中分外清晰,令我心头暖洋洋的。

她是隔壁班的女孩。她有一张稚气的脸,鼻子上经常有细细的汗珠,那年夏季,好像细汗一直在她的鼻子上。但她的身体开始饱满起来,有了曲线。那是让人费解的令人充满好奇的曲线。我无法想象。

那时候,我已是一个初中生。我家前面的那条路是通向学校的必经之路。每天放学,我就快速地回家,站在阳台上,看同学们成群结队地走过。我在人群中寻找她。几乎不用寻找,我就知道她出现了。她在那个拐角出现之前,我就嗅到了她的气息,那气息好像成为天地之间唯一的存在。然后,我看见了她。她低着头,从来不朝我这边看,而我贪婪地看着她,不放过她任何动作。我发现她的脸红了,好像有些欣喜,她在追打另一位女孩。她的样子令我感到喜悦和宁静。我觉得生命中似乎有一个盼头,等待她的出现是一天中最重要的事情。我站在阳台上,看着她渐渐走远,马路上空无一人,我的心就像马路一样空荡,就好像我的心被她带走了。

她是我同学的堂妹。她家就在那同学家的隔壁。为了接近她,我开始去那个同学家玩儿。在星期天,我背着书包去他家做作业。在乡村,大人们是没有星期天的,他们每天起早贪黑,在田里劳作。白天的乡村,只有老人和孩子,非常安静、自由,我们想干什么就干什么。我们喜欢黑夜,喜欢黑夜里那种天和地融为一体的神秘感。在白天,我们制造黑夜,我们关起门窗来,点亮油灯或者蜡烛,在昏暗的光线下写作业。我的同学是个沉默寡言的人,有时候可以一天不说话。他的皮肤很白,他们家里人皮肤都白。她当然也很白。我多么希望他和我聊聊她。或者,希望他把她从隔壁叫过来,一起做作业。

有一天,她过来了。她过来时,脸是红的。她来问一道数学题。他先问她的堂哥,他没解出来。她又来问我。她就坐在我身边,我激动得发颤,写出来的字歪歪斜斜的。后来我终于解出来了。我讲给她听。这时她站起来,一只手撑在桌子上,另一只手在我解题的纸上移动。我碰到了她的手,她像触电一样缩了回去。我说话结结巴巴。我不知道她有没有理解。她最后拿起纸,笑着对我说:谢谢。然后走了。我说,你同我们一起做作业吧。她脸上一下子飞满了红晕,摇摇头,说,不了。

我感到既幸福又羞辱。幸福就在我的手上。我的手滑滑的,感觉分外敏锐,好像全身所有的感知都集中到了手上,好像全身只有那只手是有意识的、会思考的,我感到这只手的陌生,好像它并不属于我,总之,它是一个异样的存在,是我身上最有价值的部分,那部分相当于万恶旧社会的革命圣地延安。羞辱的是她没有留下来,那等于是拒绝了我,我于是觉得自己微不足道,像尘埃一样无足轻重。我的心头有一丝尖锐的痛楚。

我和同学的友谊越来越深厚。我们出双入对,时刻黏在一起。我一直和化学老师关系很好。他是个外地人，一个单身小伙。他长得很丑，脸上有一小块黑记。他喜欢我们的英语老师。我们的英语老师胖胖的，但非常白。我们的英语老师对男生非常好，对女生横眉冷对。化学老师和英语老师都住在学校里。化学老师喜欢英语老师，但英语老师显然并不喜欢这个追求者。我带同学去化学老师的宿舍，那天化学老师有点冷落我，他一个劲和我的同学聊天。后来，他开始赞扬我的同学的皮肤。他说，真白，像一个女孩。我的同学平时沉默寡言，不善言辞，听了化学老师的话，早已面红耳赤。化学老师突然激动起来，捧住他的头，在他脸上叭地亲了一口。我看到他的脸上留着唾沫的痕迹，恶心得直想吐。

这之后，我的同学经常去化学老师那儿。我被冷落了。也许我也腻烦了和他在一块儿，或感到有什么令我不安的气息，总之，我和他渐行渐远。我的心思都在她身上。和他成为朋友也是因为她的缘故。关于我的这位同学，后来他一直没结婚。多年以后，我见到他，他的皮肤一直那么白嫩，他的眼神十分茫然。

很快就到了冬天。我们穿起了冬装，但由于身体长得太快，去年的冬装太小了，我们因此看起来有点可笑。可那段时光，我是多么爱美啊，为了使衣服看起来不太短，我穿得异常单薄。在寒冷的西北风中，我瘦弱的身体瑟瑟发抖，但一看到她，我就会感到暖和。

白天,公社的礼堂要放电影了。公社的礼堂没有窗帘,阳光从窗外照进来,它的光芒比电影放映机发射出来的光线更强烈。总有使白天变成黑夜的办法。礼堂的窗子上糊上了涂成黑色的报纸,人造的黑夜就出现在礼堂。我已记不清那天放映的是什么电影,为什么公社的礼堂突然放映起电影来。我们没有票,好不容易才钻进礼堂。在座的都是公社的头面人物,他们的座位后面已挤满了人。就在这时,我看到了她。她被挤在一个角落里,她的周围是几个毛孩子,他们不会感到她的存在,他们的注意力完全在银幕上。可是,当我看到她就在不远处时,电影就消失了。电影变成了一团缤纷绚丽的色彩,声音也显得极不真实。在我的感觉里,别的一切都退到很远的地方,好像礼堂里唯有她存在,占据了所有的空间。我在慢慢靠近她。不知过了多久,我就和她靠在一起了。温暖的感觉迅速传遍我的身体,但我的表情却像一个傻瓜。公社的礼堂十分破旧,天花板上有几缕光线像剑一样射下来,有一缕照在她的脸上。我知道现在不是黑夜,礼堂外阳光灿烂。这个感觉像梦幻似的。她在转动她的脸,我看到在那缕阳光下,她的脸上有一层婴儿一样的茸毛,金黄金黄的,软软的,我有一种抚摸的冲动。我不能这么干,除非我是流氓。我没看银幕,我长久地看着她。我希望时光就此凝固。

　　第二天,在学校的一个拐角,她突然塞给我一包东西,然后就跑开了。我预感到这包东西里有我期望的一切。我的心狂跳起来。我把这包东西塞进了自己的衣服里面。北风很大,气象预报说,过几天就要下雪了。我虽然衣着单薄,但这会儿一点也不寒冷,就好像那包东西是一个巨大的热源。事实上,我那时对外界的感知完全消失。我想找一个安静的地方,看一看她给我的是什么东西。这时,上课的铃声响了。我匆忙走进教室,木然坐着。那一节课老师讲了什么我一点也不知道。我感到一切都远离了我,时间过得非常缓慢,就好像我进入了某个真空世界。

包里面是一封信和一块围巾。那是一封充满了革命词汇的信,当然,充满了情感。她在信里叫我哥哥。她勉励我为革命、为"四化"学好本领。读着她的信,令我奇怪的是我并没有太激动,相反,我感到全身发冷,就好像我落在了一个冰窟窿里面。我内心的狂喜早已被恐惧占据。

一块轻飘飘的围巾和一片薄纸把我压垮了。我还没准备好,我不知道如何处理这种事情。我心很虚,好像干了见不得人的坏事。那天放学,我再也没有站在阳台上等待着她走过。我躺在床上,想象着她路过时的模样。平时,她是不会朝阳台看一眼的,今天呢? 她会向阳台顾盼吗? 她会对那个没勇气的家伙失望吗?她能明白我身上这千斤重担吗? 她不会明白,她比我有勇气。她一定不会想到,我是这么容易被击垮。我的心有一丝隐痛。

我不知如何处置围巾和信。我不可能把围巾围到我的脖子上,我又不知道把它们藏在哪里。我不能让任何人发现这两件东西。这两件东西现在像两枚炸弹一样令我感到危险。我暂时把它们压到床垫下面。

她大约一直在等待着我的回音，但我假装什么都不曾发生过。我开始热衷于和男孩子混在一起，开始远离女生，就好像女生是危险品，必须敬而远之。有时候，我会和她迎面相遇，我会对她微笑，我希望用微笑暗示一些什么，但是她不再理睬我，她不再看我一眼。后来，她提前退学，去城里顶替父亲的工作。再后来，我就把她忘记了。

有一些新的电影被拍了出来，由此诞生了一批电影明星。我在一本叫《中国青年》的杂志的封三上，看到了她们的照片。她们是刘晓庆、张金玲、陈冲，等等。她们成了我的梦中偶像。我最喜欢在电影《小花》中扮演寻找哥哥的陈冲，我弄了一张她的年历，在画片中，她显得稚气、单纯、朴实，但她的胸脯饱满。她们慰藉着一个少年热闹而寂寞的日子。

三

我考上了一所著名的高中，它离县城有十余里，坐落在一个山岙里，面向一个巨大的湖泊。那里安静，风景优美，是个读书的好地方。我的中篇小说《穿过长长的走廊》里的相关场景，留有这所学校给予我的至深印象。在 1930 年代，这里曾聚集着李叔同、叶圣陶、夏丏尊、朱自清、丰子恺、何香凝等一大批文化名流。至今这所学校里都保留着他们的故居、手迹和字画。它的建筑依旧保留着建造时的样子，是中西结合的建筑式样，有着长长的围廊。1990年代初期，根据钱锺书先生的《围城》改编的同名电视剧，关于三闾大学的戏就是在我们学校拍摄的。

我感到这个安静的学校有一种远离尘嚣的气息，多年以后，我想，这种气息更多的其实是一种自我想象，这种想象当然来自这个学校的传统，想想这里曾经接纳过这么伟大的人物，你就会感到骄傲，好像空气里依旧回荡着当年的气息。一种对我来说蒙眬的价值判断开始在心里形成：因为景仰这些文化名人而开始景仰文化，并认为文化是这世上最值得为之献身的事物。

就这样，我高中时就成了一个文化至上主义者。每周，学校都会放一场电影。天晴的话在篮球场，天下雨就在礼堂。在这所中学里，所有的孩子都住校。在1980年代，几乎没有太多的娱乐，生活单调、刻板。那时候，台湾校园歌曲和邓丽君演唱的歌曲刚刚传入。邓丽君的歌甚至还是非法的，被官方当成靡靡之音。学校广播站放的基本上是台湾校园歌曲。我们就在这些清新而健康的歌曲的陪伴下读书。从早晨起床到晚上熄灯就寝，几乎被淹没在题海之中。所以，每一次放电影，对我们来说依旧像一个盛大的节日。至少，这天晚上，不用做习题了；至少，这天晚上，我即使不看电影也可以让脑子空下来想些遥远的事情。学校放映电影秩序井然,不像乡村电影那么嘈杂。在星空下,我们盯着银幕,光影在脸上变幻。

黑暗中,万物生长,银幕如梦。我感到自己身体里的声音。有一些暧昧的气息在人群中弥漫。那些和女生坐在一起的男同学挺着腰,目不斜视,整个晚上像一个木偶,但我是多么羡慕他们啊。他们一定很累吧?可电影结束后,你会发现他们精神振奋,双眼炯炯,好像有无穷的精力无处发泄。他们会突然搂住某个男生,并把男生抱起来。当我被他们抱住时,我会感到汗毛倒竖。

一天,看电影的时候,有一个同学告诉我一个秘密。他让我看最后一排。我看到生理老师和一个女生坐在一起,他们的脸上没有任何表情,仿佛专注于银幕,但又像是灵魂出窍。那女生我有印象,她是二年级的,长得非常丰满,一头黑发下面是一张可爱的娃娃脸。那人说,每次看电影他俩都坐在一块儿,她还经常去生理老师的宿舍。那天我有一种非常怪异的感觉。一个老师和一个学生的暧昧关系给人一种类似乱伦的感觉,更显深不可测。

班长成了我的朋友。他看上去很内向,笑起来温和,甚至有点类似女性的羞涩。他说话不多,但喜欢同我讲个不停。他是一个城里孩子,读过很多书,有很多奇怪的知识。这些知识令我感到震撼。他告诉我关于百慕大的故事,他说那个地方躲藏着一些外星人。他说,飞机和船只要通过那个地方,就会失踪,然后在几千公里的海面或天空就会发现那些失事的飞机和船只。

我开始读一些关于这种奇怪的知识的书。他借给我一本《众神之车》。这本书有着神奇想象力。照这本书的观点,我们人类是外星人和地球生物交配的结果。这之前,我们都从课本上学到的是达尔文的观点,认为人是由猿进化而来的。伟大导师恩格斯也这么认为。可我也不是没有疑问,猿怎么进化成人类呢?虽然说很漫长,但恐怕也是不容易的吧。再说了,从历史书上,我了解到人类的文明好像一开始就很成熟,远古的人类似乎也都很聪明,什么阴谋诡计都想得出来。像金字塔什么的,造得这么宏大,又完全没有机械设备,智商高得今人都无法想象。

神秘的世界把我吸引了,我对一切都充满了好奇心。是啊,这世上有那么多无法解释的事。比如人死后会变成什么?人有灵魂吗?灵魂不死吗?有没有鬼呢?我自然会和他讨论鬼的事情。他说,他见过鬼,在他老家的井边,人们经常见到一个白衣女人在移动。他说,移动的女鬼没有脚。

学校里放映了一部科幻电影,电影的名字我忘了,内容至今记得。那是一部关于捉鬼的电影,影片试图解释人为什么会遇见鬼。电影中恐怖的影像把我们迷住了。

几乎是他在引领我的兴趣与阅读。有一天,他对我说,他在写诗,他一直在读文学书籍。他同我说起歌德和普希金,还同我说起艾青和朦胧诗。他说,艾青正在批判朦胧诗。

在他的引领下,我开始阅读文学期刊。那是一个文学的新时期,那个时候,大家都是井底之蛙。有一些青蛙,小心地跳到井沿上,看到外面世界的风吹草动,就告诉还在井下的蛙,井底之蛙开始疑惑、不安、兴奋、冲动。那是个诗歌时代,面对这么多令人一惊一乍的东西,我当然也是似懂非懂。"黑夜给我一双黑色的眼睛,我却用它去寻找光明。"我很喜欢这句诗,这句话既简单又繁复,像绕口令,又如一句废话,我却感到这诗有着无限深意。

那年春天,我们的班长不想睡觉了,他成了歌德。他不但背诵电影《生死恋》中的片段,还背诵歌德的诗句。"哪个少女不怀春,哪个少男不钟情。"他在宿舍里朗诵,像五四青年一样意气风发。熄灯铃早已响过,他还在宿舍里闹腾,他一直是一个温文尔雅的人,平时说话也不是太多,但现在,他滔滔不绝,一首一首地背诗歌,古诗新诗并举。"红酥手,黄滕酒,满城春色宫墙柳……"后来,实在背不出新的情诗了,他就开始歌颂祖国。他吼道:"祖国啊,我亲爱的母亲……"

那天,他闹了一夜。当别人闹腾的时候,一般来说我会变得十分冷静,不容易被人带动。我感到班长已不正常了,亢奋得像一个神经病。我很担心,他这样下去,会进入精神病院。我碰到过那种亢奋型的精神病。在我们的村子里,那个光棍,每年春天的时候,都会这样没日没夜地闹事。他不用睡觉,不用吃饭,但力大无穷。他发作的时候,村里的妇女就会像逃避瘟疫一样躲避他。我们都叫这个光棍为花癫。我担心我的班长是不是也得了那种叫花癫的疾病。他的精力真是充沛啊,我觉得他的整个身体在黑暗中发光,像一团燃烧的火。他这样下去会成为一团木炭吗?我几乎已经看到了他的白骨,就好像他是白骨精再生。

第二天,我看到他眼眶深陷,明显消瘦。但他的精神状态依旧很好,神采飞扬,眼神里充满梦幻之光,身上有一种莫名的热力。是的,他像换了一个人,在下课时,他高声说话,他说的全是书面话,文采飞扬。他突然有了文学才华,华丽的语汇脱口而出,就好像他的嘴巴成了制造六朝骈文的加工厂。不远处,班上的女生在叽叽喳喳说话,像一群麻雀。他不时看着她们,就好像他说的每一句话都是为了让她们听见。

班主任洞若观火,马上发现了班长的异样。班主任是个中年女人,班长这样,她肯定很心痛。她一直非常喜欢班长,因为班长是个漂亮的男孩。她希望他各方面全面发展,将来考上名牌大学。她不希望爱情这种东西去扰乱他的心灵。她同他谈了话。班长安静了几天,但几天以后……

几天后,班长失踪了。同时失踪的还有我们班的一个女孩。女孩的成绩非常差,是我们班最差的一位,她想考体育院校,每天都在进行体育训练。考体院成绩差一点就没有关系了。她不算漂亮,但很丰满。她穿着运动服,走路的时候,胸脯耸动。宽大的运动服使她看起来屁股丰硕。不言自明,班长和这个女孩子在一起了。我们班上一下子笼罩着桃色的气氛。

我想起来了，班长是星期天离校的。他走的时候说，他要去城里看电影。当时城里正在放映一部叫《天云山传奇》的电影，但他却一去不回了。班主任着急啊，她开始调查这事。她问我，班长去哪里了。我说不知道，只知道他去看电影了，至于电影看完去哪里，我不得而知。班主任的调查，让我们紧张，就好像班长和那个女孩的离校出走，完全是我们的错。

　　一个星期之后，班长回到了学校，他看上去疲惫不堪。他的头发凌乱，可双眼有神，脸上又挂上了我们熟悉的温和的微笑。我对他有一种异样的感觉，就好像他身上有一种不洁的东西，只要碰到他，就会传染给我。很快班主任把他叫走了。我不知道班主任同他谈了些什么。后来，有人告诉我，班长什么也没对班主任说，只是诡秘地微笑，眼神平和。关于他失踪的七天干了些什么，我们无从知晓。

　　那个女孩再也没有出现。她为什么不来学校，有两种说法：一说，是班主任考虑到学校的风气，劝她退了学；一说，那个女孩觉得自己肯定考不上大学了，早已不想读书了，就不再来学校。这样，看起来，就好像是班长一个人失踪了一个星期。

　　班长又成了一个沉稳而内向的学生干部，看起来严谨而克己。学校对他没有任何处分，大概是因为他成绩一直很好，待人又有礼貌，老师们一直对他印象不错。对那失踪的一星期，我们有时候满怀好奇，会问问他，但班长总是讳莫如深。又过了一段日子,我们就把这事忘了。

这年的深秋,学校又爆出一个桃色事件。那个看电影时和生理老师坐在一起的丰满的女生突然在学校消失了。有人告诉我,说那女孩怀孕了,被学校秘密开除了。我不知道这些传言是否属实。如果是真的,是谁使她怀孕的呢?我发现生理老师依旧还在学校里。他是个寂寞的男人,同别的老师不大交往,但学校的女生似乎很喜欢他,经常到他的宿舍。

我感到一种危险的气息。我觉得在晚上独自幻想的那些瑰丽的场景出现在现实生活中是危险的。那时候没有人告诉我伊甸园里亚当和夏娃的故事,但我本能地意识到,如果一个人受到诱惑,那必定要领受惩罚。

四

我考上了大学。我的目的地是重庆。我是在杭州登上列车的。列车从上海出发,途经浙江、江西、湖南、贵州,然后抵达重庆。我将在列车上待上三天两夜,五十六个小时。1980年代的列车拥挤不堪,因为是中途上车,没有座位,我一直站着。株洲是个中转站,有很多人下车,空出了位置,我才找到座位。那会儿究竟年轻啊,才十八岁,加上第一次出那么远的门,倒是没觉得太累。

我将在重庆待上四年,我终于成了一个城里人。我对城市生活没有任何切身的经验,那些在脑子里杂乱无章的概念都来自电影。

到重庆是晚上。列车停在歌乐山脚下,我抬头仰望,到处都是灯光和闪烁的霓虹灯。我有一种久违的喜悦,好像我回到了圣地延安。我情不自禁地念了一句贺敬之的诗句以抒发内心的情感:"几回回梦里回延安……"夜晚的灯光给我一种不同于乡村的气息,诗意的同时又是糜烂的气息。这种感觉大概来自电影《霓虹灯下的哨兵》,"霓虹灯"这个词一直同资产阶级联系在一起,好像那变幻的背后,存在着腐朽和堕落的可能。

我很快发现,这个城市确实很腐朽、很堕落。这座城市的风气远比我想象中要开放。大概因为抗战时,这里做过陪都,这里的女孩子都很美。我从来没见过这么多美女,走在街头,你总是能碰到令人眼亮的美人。她们打扮入时,看起来风姿绰约。街头到处都是舞厅,女孩们表现得大胆而放浪,就是在沙坪坝文化馆的露天舞厅里,男女舞者旁若无人地搂得紧紧的,有的还在跳贴面舞。街头还有相当淫秽的报纸和画片。重庆,让我想起我看过的关于"国统区"生活的电影,我觉得它有一点点上海和南京混杂的气味,当然更多的是四川的泼辣劲儿。我来自浙江沿海,在1980年代,浙江的风气相当保守,因此,当我看到这一切,相当震惊。

我迅速地学会了跳舞。我中学时体操很好,所以,跳舞对我来说并不困难。当时,每个周末,在学生活动中心都有舞会,我经常光顾。这是接触女人身体的合法渠道。我第一次握住女孩冒着细汗的小手,第一次抚摸女孩柔软的腰肢,嗅到了女孩身上的香味。这一切令我浮想联翩。我是个不善言辞的人,我在跳舞的时候,不和女孩套近乎,所以,我尽量把舞跳好。和女孩跳舞,性的意识一直主导着我,但我尽量跳得像交谊舞标榜的那样健康而文明。但在这个学生搞的舞厅里,我的跳法显得相当另类,因为黑暗中我身边的舞者几乎搂在一起,一动不动。有一次,我的舞伴大约累了,或者她对这样的"健康"实在没有兴趣,她靠近了我,然后我的身体就和她的身体触碰到了一起。我有一种窒息感,差点晕厥过去。当天晚上,我失眠了。我的身体里到处都是那个舞伴的痕迹,感受过她乳房的部位一会儿发烫一会儿发冷。

过去只是在电影里,或是在传说中的那种场景,如今成为我生活的一部分。我满怀热情接纳这种生活。我迷上了跳舞。我在功课上下的功夫少之又少,相反,跳舞好像成了我的专业。我的中学时代的生活是多么辛苦、多么枯燥啊,而所谓的大学生活是如此轻松。我像是苦尽甘来,充分享受着这种自由自在的生活。

有一部电影风靡了整个中国。这是一部美国电影,叫《霹雳舞》。我看了大约有五遍。我被那种奇怪的舞蹈迷住了。不久,我发现舞厅里有人开始跳起这种舞蹈。这些人学得真是惟妙惟肖。他们的衣着完全是电影里的样子，上衣紧裹，裤子却非常肥大，这样的打扮有一种随意而潇洒的劲儿。没过多久，整个校园就流行这种装扮了。我也学会了这种舞蹈。

最初的兴奋很快就过去了。那是 1980 年代，我在我的中篇《一个叫李元的诗人》里是这样描述那个时代的："八十年代，一个诗意沛然的年代，一个混乱的年代，一个激进而冒险的年代！" 80 年代，门户刚刚开放，西方的思潮一浪一浪地冲击校园，连空气中都飘扬着萨特或尼采的气息。我开始读一些哲学著作。这些现代哲学是很能培养"个人主义"做派的，同时培养的还有人的孤独感和无聊感。存在主义说，他人就是地狱。我就真的把他人当成了地狱。我把自我无限放大，一点也不肯委屈自己，同所有人保持距离和不合作态度。然后，我渐渐感到不对头。我好像失去了热情，对谁都看不惯，以喝酒、打闹、谈女人为标志的哥们儿义气，在我看来，有一种做作的无聊。我发现，我出现了交往困难，我同谁都格格不入。除跳舞时从女性那里得到片刻的慰藉外，我进入了深刻的疑难当中。我的内心甚至有一种无名的紧张和恐惧。

我发现一个消磨孤独的地方，那是我们学校附近的一个小礼堂，那是电影公司的礼堂。在那里，白天和晚上都在放映经典老电影。这些电影很多改编自世界名著：《悲惨世界》《牛虻》《简·爱》《白痴》《安娜·卡列尼娜》……我曾经阅读过的纸上的世界变成了光影变幻的影像。这些电影同我所阅读的哲学不同,它们不是冰冷的,相反有一种温情和暖意。《悲惨世界》长达三个多小时,这三个多小时足以让我消磨一个漫长的下午。在这三个多小时里,我见证了那个叫冉·阿让的人的长长的一生。《悲惨世界》中,人性的美好和丑陋相互纠缠,人性的丑陋表现得十分漫画化,但在表现人性美的时候,是如此有力量。冉·阿让的仁慈是如此震撼人心,让我浸润在那种满怀辛酸的美好中。这样的日子,我坐在电影院中,身心的紧张得以放松,我忘记了自己的问题。电影把我带离了这纷繁得令人烦恼的现实。

然后,她就出现了。她是引人注目的,她引人注目不光是因为她高挑白皙,更重要的恐怕是她经常和不同的男生出双入对。她是个活跃的人,善于同异性交往。也许是因为有太多异性朋友,所以,她几乎没有女伴。她和同性似乎玩儿不到一块儿。

我至今都不知道她为什么喜欢我。总之,她开始光顾我的宿舍。没有人会想到她是来找我的,我也从来不说我和她的关系。同宿舍的男生一下子围着她,和她调笑。我在内心嘲笑这些被力比多涨得恐慌的家伙。

开始的交往在正常的范畴,像所有自以为是的文艺青年一样,我们只不过是谈谈艺术和人生。但渐渐地,我的内心有了盼望,如果她有一段日子没有来找我,我就会感到失落,感到心神不定,就好像生活中少了什么。我感到奇怪,我是不是爱上了她?

我带她去看电影。我已经忘记那天放的什么电影，事实上，那天我根本没有心思看电影。电影开始了，光束从我的头顶上方射向远处的银幕，那束光的明暗一直在变幻，就好像那光束是一个万花筒。那万花筒的顶端，变幻出山川河流，男人女人；变幻出战争和爱情，富贵和贫穷；变幻出表情和动作，人内心的秘密。但她的兴趣全然不在电影上。黑暗中，她开始蠢蠢欲动。她先小心翼翼地握住我的手。我没有任何准备，全身紧张、僵硬，手心马上沁出汗水。也许早有准备，不过，这一切真的来临时，依旧十分紧张。然后，她又把我的手引向她的身体……

　　她的行为完全在我的想象之外。那时候，我是多么纯洁啊！虽然，我夜晚的想象里，欲念直裸，相当形而下，但关于爱情的想象却非常纯洁。那是 1980 年代，连空气中好像都有精神之光，物质是在其次的，人似乎只要呼吸空气就可以亢奋地活着。关于爱情的想象肯定同这样的社会气氛有关。当然，还来自电影。那时的电影，相当保守，也就是接个吻、拉个手而已。

　　但现在，她的行为把我的想象砸得粉碎。她把我引向令我喘不过气来的黑暗的深处。我像落入水中，想沉溺下去，但又怕再也呼吸不到新鲜空气。在公园，在学校的草地，在教育楼的楼道和顶层，她向我渐次展开，我发现她所有的秘密。星空异常明亮清冷，而她异常热烈，发出奇怪的声音……

　　我从水中钻出，情绪相当复杂。和她约会，我感受到的不是轻松,而是某种危险。虽然我在脑子里有无数关于恋爱的想象,但当恋爱真的到来时,我还不知如何处理,任凭她引导我前行。她在这方面确实卓有经验。她告诉我,她在中学时代就开始谈恋爱了。在和我好上之前,她刚刚和一个老乡分手。

我告诉她,这同我想象中的恋爱不一样。她问,你想象中的是什么样的?我说,我想象中的恋爱是纯洁的,就是拉拉手,接接吻。她笑了,说你真是个乡下人。我真的希望她像我要求的那样同我恋爱,能保持纯洁,保持精神性,脱离所谓的"低级趣味"。但她根本没把我的这些要求当回事,也许她以为我在对她开玩笑呢。每次约会,她放浪依旧。

这时候,学院里爆出一个桃色事件。一个广东男生和一个福建女生被开除了,原因是他和她在宿舍里当着同学的面做爱。当然,说"当着同学的面"也不对,他们还是挂着蚊帐的。白天,别的男生在宿舍里打牌,而那对男女在蚊帐里做爱。他们的床铺在不停地摇晃。同宿舍的人早已习以为常,但有一天,他们的辅导员来到他们宿舍,见那张床在晃动,很奇怪,就撩起帐子看个究竟,结果看到那对宝贝颠鸾倒凤,纠缠在一起。吓得辅导员倒退着差点摔倒。

他们是校园的名人,几乎整个校园都知道这对恋人。他们白天和晚上都黏在一起。在食堂吃饭,他们旁若无人,相互喂食,两人智力降到三岁幼儿的水平。他们成了无聊生活中的喜剧。

对他们的处理通告贴在食堂门口。通告中详述了那对同学的所作所为。他们真是色胆包天啊。他们不但在宿舍同居,竟然还在学校的图书馆亲昵做爱。

我想起高中时那个丰满的女孩和生理老师的往事。我想,这也许是上天对我的提醒,提醒我一样处在危险之中。我又一次意识到,如果一个人受到诱惑,那必定要领受惩罚。在1980年代的校园,男女越轨依然是禁忌的,突破禁忌是要付出代价的。我能承受这样的代价吗?我意识到我得摆脱这样一种危险。

但我不知道如何行动。每次她见到我,眼神里光彩流泻,热情洋溢,让我无法控制自己。我的内心充满了矛盾,又想逃离,又想沉溺。很多时候,我觉得我实在承受不了这种压力、这种恐惧,我像一个筋疲力尽的泳者,很想就此溺毙。由于恐惧,我很难集中精力学习。很快,代价就出现了,在那一年的期末考试中,我多门功课考得不理想,其中一门没有通过。

接着,暑期就来了。我回到了老家。除了帮父母干一些农活,我还得复习,我得在开学之前补考那门课。回到老家,我的生活马上回到现实之中。由于在田间干活,我迅速被晒得很黑。这样的劳动让那些恋爱的日子变得相当不真实。关于惩戒的主题是这个时候想得最多的问题。我意识到,如果像上个学期那样,那惩戒迟早会降临到我的身上。如果惩戒成真,我根本无法面对父母。从父母的眼神里,我看到了那种令人心酸的期望。

我收到她的来信。她告诉我她的暑假生活,她去甘肃玩儿了。本来说好这个暑期,她要我陪她一起去的,但因为要补考,我拒绝去。她寄来了一些照片,照片上,她看上去兴高采烈的样子。我觉得照片上的一切离我十分遥远,遥远得同我没有一点关系。我突然觉得她的陌生,除了她的身体,我确实不怎么了解她。

我决定不给她回信。我不能再过那样的生活,我不能把自己的未来毁掉。在夜深人静的时候,我还是会有写信的冲动。夜晚人就会脱离现实,我会思念她,思念她的身体,我想把自己的这种思念告诉她。可天一亮,这种想法就像雾一样消散了。一个月以后,她在我的感觉里真的遥远了,好像过去发生的一切只不过是一个梦幻。

开学后,我没去找过她。我怕她来找我,那段日子我基本上不待在宿舍里。同宿舍的人说她来过了,这在我的预料之中。有一次,在游泳回来的路上,碰到了她,她站住问我有没有收到她的信,我说,收到了。她脸上露出奇怪的笑容,说,我明白了。从此,她再没来过我的宿舍。

就这样同她分手了!我松了一口气。那个沉重的关系,有着危险气息的关系,竟然这么容易地解除了。我突然感到无比轻松。天是多么蓝,多么辽阔,我像是第一次见到天空,有一种安详的感觉。危险已远在天边,与我无关,就好像那所谓的危险从来不曾存在,只不过是我的想象。我又活过来了,我的心情比原来开朗了一些,过去那些曾经时时骚扰我的不安全感和焦虑感竟也消失了,我慢慢恢复了同人交往的能力。我开始尽量融入集体,过起了一种自认为的健康生活。在夜深人静的时候,我会想想她,心情相当复杂,有后悔,也有内疚,但还是觉得自己做得对,同时心里面充满了一种自恋的委屈。

她很快找到了新男友。她偎依在他的身边,看上去相当幸福。我猜,像她这样的人大概是不能缺少异性的,异性之于她像空气那样重要。老实说,见到她和新男友在一起时甜蜜的样子,我很不开心,并且有一种莫名的失败感,就好像提出分手的不是我而是她,好像我是那个被抛弃的人。有时候,我会和他们迎面相见,她会大方地同我微笑,我当然也只好笑笑,我的笑容无比复杂,有一点不以为意,还有一点酸楚吧。

我有一段日子没有光顾电影院了,有一天,我路过电影公司,小礼堂正在放映《牛虻》。我看过这部电影,但我实在无聊,打算再看一遍。电影院的灯光熄灭了,然后,银幕亮了起来,那一刻就好像小礼堂突然盛开了一枚巨大的花朵。在银幕上,那个充满女性气质的苍白的亚瑟变成了男子气十足的牛虻。牛虻遇见了他深爱过的琼玛,牛虻满怀复杂的心情,折磨琼玛。琼玛一直为误打亚瑟的那记耳光而内疚,以为是自己杀死了亚瑟。当我看到琼玛对牛虻说:"也许从今以后我们永远不能再见面。你没有什么话要对我说吗?"我突然感到心头一片酸楚,黑暗中,泪水夺眶而出。

那是个解放的年代,也是个保守的年代;那是个激情的时代,也是个惊恐的年代;那是个轻快的年代,也是个沉重的年代。生活还将继续,我在暗自成长。我坐在电影院里,内心柔软。我对自己说,现在我也许已准备好了,有足够的经验去面对一个女人了。

2005.5.20

油菜花开

一

  这个世界最初呈现在我的眼里的是它光洁的表面,一种类似阳光般的品质:我看到比阳光更亮的父母,表情各异的男人和女人,阳光下的山峦、河流、树木、庄稼,河里的鱼、蝌蚪、泥鳅,这一切显得秩序分明,非常和谐。但阴影紧跟着出现了,它就在每个事物的背后,呈现着深邃的黑暗,透着另一些消息。每年春天,当那个疯子出现时,我感到周围的阳光一下子暗了下来,这世界顿时出现某种非人间的动荡而混乱的气息。

  后来,我注意到那个人的得病和油菜花有关。三月,油菜花怒放了,村子里的那个光棍就出动了。他把头抬得老高,背着手,踱着方步,像电影里面的将军。他走到哪里,孩子们跟到哪里。

这个时候,他是危险的,孩子们和他保持着适当的距离。妇女们——不管老幼——早已闻风而逃,仿佛她们不逃就不能证明她们是女人。他看见她们逃跑,就会高兴起来,好像在他眼里她们逃跑的模样是世上最美的风景。有时候,他会突然转身抓住一个孩子,动作敏捷。他抱住孩子,往天空抛,或亲孩子一下。可怜那个孩子早已吓得魂儿都没了,待被放了,孩子才满怀委屈地号啕大哭。

这只是刚刚开始的情形,几天以后,他越来越亢奋了。他不吃不喝,整夜不睡,在村子里游走。他敲寡妇的门,骂娘,然后叫嚣,他的叫声鬼哭狼嚎。村庄闹得鸡犬不宁,好像日本鬼子又进村了。村里人确认他又犯病了。亲戚们决定采取行动,把他抓起来。他虽然没吃什么东西,可力大无穷,几个小伙子都制服不了他。他在他们的围攻下挣扎,叫骂。他激动得口吐白沫,要不是他晕眩过去,他们怎么也制服不了他的。他们把他绑起来,绑的是用来对付四类分子的铁索链。一会儿,他就醒来了,试图解脱铁索链对他的束缚。我们远远看着他挣扎,他的力气真是大啊,我们听到铁索链发出咯咯的声音。他的手上脚上都磨出了血。

在没发病的时候,他比谁都有礼貌,见到男人就叫哥,见到妇女就叫姐。他的态度谦卑,有一种讨好人的妩媚的表情,就好像他天生低人一等。村里的妇女都喜欢使唤他,让他做一些杂事。可是,就是这样一个人,突然之间就变得放肆而暴戾,这中间没有任何预兆,任何过渡。

　　那时候我是一个孩子,我无法理解一个谦卑的男人变成这个样子,他好像什么都不怕了,什么都想攻击,不再叫哥或姐,而是直呼其名。甚至见到村支书也敢勾肩搭背,就好像村支书是他的下属。大人们说,他这是犯了花癫。我似懂非懂。他这样被捆绑着,被关在猪舍里,他不吃不喝,可他好像一点也不困,显得精力充沛,浑身充满了力量。他就这样叫着,有时候学虎叫,有时候学牛叫,有时候学狗叫。当围观的人发出笑声时,他也会天真而腼腆地笑起来。

　　我因此觉得春天充满了危险。我本能意识到油菜花和疯狂相关。我总觉得他的病是由油菜花带来的,或者说他和油菜花属于同一种类。他发疯了,就像油菜花在这个季节怒放着,他的疯狂如油菜花一样持续、热烈。油菜花,单调的黄色,在太阳下像是在燃烧,有某种疯狂的气息。这种疯狂来自哪里呢? 是土地吗? 我觉得油菜花、那些发疯的人似乎和土地隐藏着的热情有关。

　　我们村也有别的花朵。在曹娥江的沙滩上,那里种着一片李树;在东边的一座小山上,那里生长着桃树。每年春天,它们都会无一例外地绽放出花朵。但李花细小,它白色和粉色的花给人一种落寞的气息;桃花虽然灿烂,可花期短促,容易从枝头脱落,像纤弱的女人。唯有油菜花,好像直接和土地相接,强烈而持久,它好像就是土地直接绽放出来的花朵。

一个月后,油菜花凋零了,它的枝头结出细小的菜籽。那个捆绑着的光棍有一天脸安详起来,并且终于呼呼睡着了。他的亲戚们都知道他的病好了。待他醒来,就没什么好担心的了,他又会变成一个谦卑的人。

二

　　这世界不像表面看上去那样秩序井然,它似乎包含着某种凶险的元素,它随着我们个人感觉的变化而变化,随着我们的主观幻想而展开,有时候冰冷,有时候温暖。当我们的内心扭曲的时候,我们的触角也随之扭曲,世界变成了我们无法把握的天边的流云。世界永远是我们感觉的"诗"篇,是我们伤心的投射,是我们无力的证明。

　　每年春秋季节,她的家人就要担心她了,担心她突然发病。她发病时很温和,不胡来,十分低调。她把自己关在屋里,低声地哭泣。她的哭泣持续漫长,像一条幽暗的河流。我曾见过她哭泣的脸,脸上全是泪光,在长达几天几夜的哭泣中,我真的认为她的眼泪可以汇成一条大河。那时候,她的泪水比林妹妹还多。但这种温和令所有人心痛,并为她不幸的遭遇而惋叹。

　　她是我家的亲戚,是一位教师,住在城里。她平时温和而善良,总是一副笑眯眯的样子,从不和人红脸。她保养得不错,收拾

75

得也干净,看上去与常人没有差别,甚至可以说是个美丽的妇人。

关于她的事,母亲经常提起。说起她来,母亲就会长吁短叹,眼圈泛红。那是很久以前的事了,命运向她露出了暴虐的面目。那年秋天,她的儿子下河游泳,突然沉下水去,再也没回来。她一直把儿子看管得很紧的,一般不让儿子去外面玩儿,就好像她早就知道儿子要离她而去似的。但那天,她不在家,儿子禁不住伙伴们的诱惑,下河游泳了。她儿子不会游泳,所以一直在河边看别的孩子玩儿水。一切像是命中注定,也不知是什么原因,她儿子突然沉到水下,再也没有浮出水面。面对这个变故,她晕厥过去了。

他们在河中间打捞儿子的尸体。她瘫坐在河边。她没有哭,脸色坚毅,就好像她的一点点悲伤都会使儿子消失的事成真。人们在河中打捞了几天,没有找到她儿子的尸体。她不甘心,她一定要见到儿子。后来,人们停止了打捞,她却依旧坐在河边。

她终于从河边回来了,表面上看不出有什么异样,一样去学校上课,操心学生的事。但后来,从城里的亲戚那里传来消息是,她变得有点不对头。她好像没觉得儿子已经死了,只要空下来,她就同儿子对话。她的丈夫经常听到她对着空气表扬儿子乖,或骂儿子不听话,有时候则连带把丈夫也骂了进去。她和丈夫的关系一直不好,丈夫喜欢喝酒,还经常赌博,他们经常吵架。现在她这种情形让做丈夫的非常恐惧。后来他们离婚了。

她长相不错,离婚后有很多人给她牵线。不久,她认识了一个男人,并很快同他结婚了。那男的也是一个教师,三十多岁了,没有结过婚。那男的看上去很文弱,温文尔雅的样子。那男的很体贴她,她也很照顾他。她好像对这婚姻很满意。

然后,好景不长,很突然地,她的新婚丈夫死了,是猝死在课堂上的。后来,她才知道她的男人一直有暗疾,男人的脑子里有一个瘤,压迫着颅腔。她只知道男人经常头痛,痛起来冒豆大的汗珠,不知道他有这么严重的病。她的男人也从未说起。他就这样在瞬间走了。

男人走的时候是冬天。整个冬天,从她脸上看不出她的痛苦。她依旧笑着上课,和同事们说笑,只是那笑中有难以掩饰的落寞。直到第二年的春天,她突然把自己关在屋子里哭泣。这时,她已忘记了自己做教师的职责,忘了这世界还有一批学生需要她。她把所有的事情都放弃了,记得的只是悲伤。她沉浸在自己的哭泣声中,就好像凭着她的哭泣,就可以找回她的儿子和男人。她在哭声中看到了什么呢?她一定感到无力,因无力而沮丧,感到世界正在离她而去,让她无所适从。

也许她进入了一个梦幻世界。在这个梦幻中,这世界变成一个新的港湾,让她可以放松、休憩。面对这个破碎的世界,她需要在某种类似"诗"意的想象中片刻地沉溺和迷失。但愿如此。

每年清明前后,亲戚们都会来乡下扫墓。那是油菜花开得最旺的季节。乡村的田野上,那黄色的花朵让这世上的任何事物都黯然失色。她没有来。我们都知道，这是她生病的季节，她把自己关在房间里哭泣。城里的亲戚看上去神色凝重，心事重重，他们祭拜完就匆忙地走了，就好像他们的心思根本不在扫墓这事上。他们谁也没有提起她，似乎她早已不在这个世上。

三

春天到了，一个敏感的人开始以其令人不安的方式直觉般探索和领悟这个世界的秘密和凶兆。这是艺术赋予疯狂的能力。在艺术作品中，疯狂被当作某种反叛的、自由的、启示性的力量，对这个铁板一块的所谓理性世界做一种孩子式的幽默的解构。艺术家认为疯狂和某个幽深的神秘世界相联系，是先知必须具备的一种气质。疯狂在这里拥有至高无上的智慧。在电影《钢琴师》中，那个发疯的音乐家的身上似乎存在某种生命之光，极度地美丽，极度地灼目。当他在泳池边的钢丝床上蹦跳时，镜头仰视他，他跳得如此之高，好像要跳到那蔚蓝色的天幕中去。

但在现实中，一个疯狂的人，给予我们的可能是恐惧，一种类似潘多拉魔盒打开时的惊惧。

1983 年，我在一所著名的中学读书。我不知道我就读的中学有多少人梦想成为一个诗人或作家。可能会不少吧。我就读的中学在 20 世纪二三十年代曾聚集过大批著名的作家和学者，他们在文学史和文化史上留下光辉的一页。偶像是如此近，走在学校里，你甚至还可以感受到他们的气息，就好像他们还穿着长衫或西装走在校园里。况且，1980 年代，是个文学的时代，那时候，社会上最大的明星是作家。

他看上去很结实，脸形宽大、扁平。他的身上有一种二三十年代文化人的"旧"和"迂"。这种气质让他很容易沉溺于旧时代的气息中。他喜欢上了弘一法师。他在学校的校史陈列馆里看过弘一法师的画像，他指着画像说，你们瞧，他如此轻，轻得像一枚随风飘荡的鸿毛。他说，只有得道成仙的人才会这个样子。

他对古老的传统充满了向往。他的趣味和判断因此与众不同。在这个时代，谁还写那种佶屈聱牙的旧体诗？但他却深陷其中。他像旧式诗人那样写格律诗，歌咏梅兰竹菊，歌咏江河、远山，歌咏寺院、禅房，歌咏伤感和落寞。他把自己写的诗词抄在黑板上。他的字潦草、狂放。他写完就昂首走人，不告诉我们这是他写的，但我们都知道他这是叫我们欣赏。他的诗词中充满了冷僻词，我们根本认不全。我们认为他这样子实在酸腐至极，心里有说不出来的鄙薄。实际上，他走后，有很多同学用刻薄的口吻取笑他。

但我们的语文老师却极欣赏他。我们的语文老师是位老先生，一招一式如旧戏中的老生，口中常带成语及古文中的助词、感叹词，总之有点国学大师的气派。那时候，我已喜欢文学，经常去图书馆看文学期刊。当时,所谓的朦胧诗大行其道,虽然同样看不懂,但同古典诗词比,这种新诗要可爱得多。旧体诗中的意象是多么陈旧,像我们的老师一样充满不合时宜的味道,像出土文物一样充满腐朽的气息。可他就是喜欢腐朽的东西。他看弘一法师的传记。弘一法师几乎不离他的口,他对弘一法师崇拜得五体投地。他不学毛体字了,而是学弘一法师那样的童体字。他自称开始吃素,他的理论是诗和吃的东西有关,要想诗写得干净,远离人间烟火,就得吃素。但有的同学说他偷偷在吃肉,也有的同学说他家穷,吃不起荤菜,才宣称自己吃素。我们这些俗人总是充满了小人之心。

他看了一本奇怪的书。这本书叙述了弘一法师出家前一段隐秘的往事。弘一法师曾在五台山一个寺院里空腹——不吃任何东西——整整一个星期,这一个星期里,他听到了万籁。这本书详细叙述了弘一法师的方法,先慢慢减少摄入量,到后来只喝开水,空腹一星期后再慢慢增加摄入量,恢复正常。弘一法师就是因为有了这个体验后才出家的。他被这本书迷住了,他想试一试。他认为只有听了这声音才能得道,诗艺才会成长。

那阵子,大家都忙于功课。等到我们发现他的怪异,他差不多已经无法自控、不可收拾了。他在宿舍里开始没完没了地说话,他说的不是自己的话、自己的声音,而是另外一个人的话、另外一个人的声音,也不只一个人,而是无数个人。也就是说,就好像有一些别的灵魂侵入了他的躯体,他发出在我们听来陌生而怪异的声音。他说话的时候,表情不是他自己的,而是我们从来没见过的另外一个人的。

我们这才知道他在学习弘一法师,他差不多有五天没吃东西了。他在说话的时候,嘴唇是黑的,眼眶也是黑的。他的整个身体很烫,就好像体内在燃烧。总之,他像变了一个人。他说出的难道是他向往的天籁吗?天籁有那么难听吗?他被送进校医室输液,但他坚决反抗。结果打了镇静剂他才安睡。

他恢复了饮食,但他空腹时的幻觉并没消失。他一样能同时说很多人的话,发出奇怪的声音。每个晚上,他自言自语,人物众多,搞得像一台戏一样。他发出的声音,令我们汗毛倒竖。我们都不敢接近他,就好像他连接着另一个世界,一个叫天国或地狱的地方。后来,他被家人带走了。老师说,他的精神分裂了。

几年以后,我在重庆读大学时,我的一个老乡曾向我描述他们班的一个同学因为练气功,练得没有智商,一天到晚会像一头猪一样嗷嗷叫,结果被迫退了学。我马上想到了中学时代的他,我感到人真的是非常奇怪的东西。当我们所认为的理性规范打破的时候,生命似乎会流向一个无法控制的方向,直抵黑暗而神秘的处所。

我们的语文老师对他的得病非常惋惜,一脸沉痛地对我们说:×××同学是一个天才。老师说这句话时,把头转向窗外。我们的中学在一个湖泊边上,湖泊的四周是田野,那是秋天,田野上稻谷金黄,在阳光下一动不动,就好像它们正在用力吸吮土地里的营养。有时候,会有微风吹过,稻谷会不经意发出沙沙声,那是不是我的同学听到的天籁呢?这声音里真的有这个世界的秘密吗?我们觉得,这一次,语文老师说得对极了,我们的同学×××确实是一个天才。

四

他很瘦,人长得有点丑陋,但拥有一头醒目的长发。走在校园里,他那头乌黑的长发甚至比女人还飘逸。那时,我已经在读大学了。他比我高两届,同住在三号宿舍。我在三楼,他在二楼。我经常见他怀抱着一把吉他,坐在楼道口弹唱。那是1980年代,吉他是校园里最流行的乐器。当时,社会上流行张行的歌,校园里到处都是《一条路》或《迟到》的歌声。他弹唱俱佳。楼道口有很好的共鸣,他的歌声沙哑,加上吉他浑厚的和弦,听上去有一种幽远的沧桑感。他唱的《归去来兮辞》让人印象深刻。他唱的歌似乎不太流行。

他是学生乐队中的一员。这支乐队有时候在学生活动中心的舞厅里伴奏。我基本上同他没交往,只是远远看他在楼道口吟唱,觉得他身上有一种莫名的孤独感。这种孤独感令我感到这个丑陋的男人有一种动人的气质。

因为曾经学过乐器,我对吹管乐器有一种无师自通的悟性。有一天,我在街头买了一支简易单簧管,在宿舍里玩儿。他循着我弄出的音乐来到我的宿舍。但当他看到我嘴上的家伙这么简陋时,显然很失望。他这么隆重,亲自登门,不合他的心意,我当然也不好意思。可是真家伙多贵啊,我买不起,只能玩儿简易的。他说,他们的乐队刚好缺单簧管,他听到宿舍楼的单簧管音色,就找来了。他不善言谈,坐了一会儿,就走了。他让我有空同他们一起玩儿。

市里搞了一个大学生演唱比赛,他去参加了,结果他得了第一名。他一下子成了学校的英雄。得奖后他似乎变了,像换了一个人。原本他沉默寡言,内向而腼腆,但得奖后,他显得意气风发,脸上一扫往日的寂寞。我经常看到他站在宿舍门口滔滔不绝地高谈阔论。脸上兴奋的红晕让他那张粗糙的寂寞的脸变得生动活泼,他的眼里充满了幻觉,就好像他已是一个著名的歌星,灿烂的星途已展现在他的面前。他对围着他的同学说,已有唱片公司找他灌唱片了。他站在那里,当然也会吸引女同学的,她们从楼前走过,目光明亮地看着他。

这之后,他行踪诡秘。他迅速交上了一些社会上的朋友。他和他们日夜混在一起,有时候甚至夜不归宿。同时,他的打扮也越来越怪异。他整天戴着墨镜,墨镜很大,好像恨不得把他丑陋的脸掩盖起来。他身上的衣服装饰性极强,是我们在电视上经常看到的歌星们在台上穿的有亮片的那种。后来崔健一下子成了大学生的偶像,他就穿一件破旧的灰色卡其布中山装,中山装上还有补丁。慢慢地他的光环消失了,同学开始把他当成异类。他和同学相处就不像以前那样融洽了。

幻想和现实总有距离吧。我不知道他在外面出了什么事,大约他在外面混得不顺利吧。他终于回到了宿舍,白天睡大觉,晚上就拿着吉他在楼道口唱歌。他的歌声已不像早先那样有安静的气息,有点混乱,但有一种喷薄而出的灿烂而热烈的东西,就好像整个世界都在歌声中震荡。他的歌声传到我们三楼,让我们浮躁,让我们不想睡觉。有一些人去楼道口骂他:还让不让人休息!但他不理不睬。

有一天半夜,我们被楼道口砸吉他的声音惊醒。我们跑出宿舍看热闹。他在高叫,他们班的人在劝他,有的把他抱住,让他安静一些。他的脸已扭曲,愤怒地看着同学,好像所有的人都是他的仇人。后来,我们马上知道这个人得了精神分裂症。

听到这个消息,我感到空气中一下子充满怪异的神秘的气息。他得病休学后,我听乐队的同学说,他一直偷偷地爱着一个女孩,他得奖后才有胆向她表白,但那女孩拒绝了他。他很受伤。我不知道这是不是他得病的原因,但我知道,这些疯狂的人,同他们本能中的激情、爱欲、快感、狂喜有关,他们想改变那个既定的自我,想僭越现实的逻辑,释放生命内在的能量,可结果是落入无边的黑暗。生命是如此脆弱,我又一次体会到生命惊慌失措的时刻。

过了一年,他回到了学校,理了一个短发,他明显比以前胖了,经常傻傻地笑,很和气的样子。他留了一级,和过去他的学弟混在一块。他变得一点都不起眼,我再也没有见他在楼道口抱着吉他唱歌。他变成了另外一个人。

五

周围都是田野,附近就是农民的村庄。农民在田间种植供城里人消费的蔬菜。春天到了,我看到田野上有油菜花。这些油菜花不像我的家乡那样无边无际,而只是一小块。但就是这一小块,也让我感到惊心。我看到远处,一些蜜蜂在忙碌地飞来飞去,它们被那一片花海吸引住了。有人告诉我,蜜蜂如果采集花粉太久,就像人喝多了酒,会醉。经常会有蜜蜂从窗口飞进来,它们飞翔的样子,像一架被击中的飞机,歪歪斜斜,失去了目标。我知道它的尾部有尖利的刺,刺在人的身上,会既痛又痒。据说,它刺了人之后,就会死去。

那是1990年,我住在东郊的一套二居室宿舍里。我和他一人一个房间。那幢楼的一个楼道是我们单位的集体宿舍。我原本不和他住在一起,但我们玩儿得很好,说话投机,我就同别人调换了一下,同他住在一起。

他是个内向的人,他的鹰钩鼻和紧抿的嘴唇有点像约翰·列侬。他的目光里有一种令人心动的单纯和惊恐,就好像他是一只被猎人追逐的鹿。这个敏感的人的手很大,却总在神经质地颤抖。他还有一个奇怪的毛病,就是进入书店,会感到头晕。我笑话他有"晕书"症。他很少在别人那里表达自己,但似乎特别信任我,同我无话不说。冬天的时候,他告诉我,他喜欢上了一个女孩,她是我们的同事。他喜欢她很久了,可他不知道怎么办。

我们的同事是本地人。她看上去很温柔,也很压抑。正因为这份压抑,让人觉得她是一个善良和善解人意的女人。我支持他拿出勇气来,去追她。关于男女之事,至少我在理论上是很有一套的。我也很想让我的理论有付诸实践的机会。在我的策划和鼓动下,他像一个优秀演员一样出演,结果,大获全胜。他们开始出双入对,集体宿舍里的人都知道他们在谈恋爱了。

春天到来的时候,他和女友的关系出了问题。我不知道问题出在哪里。他向我抱怨,说她并不像外表那样低调,相反对他很苛刻。比如,她要求他在仕途上有所斩获,可我的朋友在这方面一点兴趣也没有。她似乎有着本地女孩都有的成熟和世故。这时候,我也开始恋爱了,无暇顾及他的感受。但每次我约会回来,他都要和我谈他的事。我感到他似乎把恋爱问题当成了身体问题。他

86

说,他的脖子某个地方好像很僵硬,可能某一根筋脉被什么东西堵塞了。有一天,他对我说,他的腰可能也出了问题。还说他病了,可能一辈子不能结婚。我说,你好好的,别胡思乱想了。

一个星期天的早晨,我一觉醒来,发现他坐在我的床头。我吓了一大跳。他的眼神很怪异,好像不认识我,好像我是个陌生人。太阳从窗口照进来,投射到他的脸上,他的脸有一种无助的痛苦。他摇了摇头说,我同你说得太多了,我很怕你。我说,你怎么了?他说,我其实没有病。说完他就走了。

我们住在六楼。站在阳台上,向东望去,我又看到那片油菜花。我仿佛看到那个在家乡的田野里狂奔的光棍。我有一种不祥的感觉。我去敲他的门,想知道他究竟碰到什么难题,他和女友的关系究竟怎样了,但他没开门。我知道他在里面,但他不开门。

我的女友经常到我的宿舍来。她来了,我就把房间的门关上。我是怕影响到他,可他开始不理我了。有一天,我女友刚进入我的房间,我就听到他出门了,他把门关得很响,像是充满了愤怒。有一次,我看到他把手狠狠砸在玻璃窗上,玻璃马上碎裂,他的手上都是血。我问他怎么啦,他没理睬我。我们的宿舍里开始有了一种危险而恐怖的气息。我们曾经是很好的朋友,但现在即使在屋里碰到,他都不看我一眼。我正在恋爱中,对此也没有想太多。我想,大概是失恋的缘故,同我没有关系。

后来,我才知道他对我充满了愤怒和仇恨。一天晚上,我听到客厅里出现了砸东西的声音。我的女友非常惊恐,问怎么回事? 我说,没事,他这段时间心情不太好。我没出去,直到客厅里声音平息。女友没了待下去的心情,她要走了,我送她出门。我看到我放在客厅里的沙发被砍得面目全非,沙发皮被撕破,沙发里面的絮都冒了出来,甚至连木头也裸露了。那把砍沙发的菜刀扔在地上。我这才知道,他的愤怒都是对准我的。

我把女友送走,然后去敲他的门。里面没声音。他房间的灯亮着,我知道他在。门没锁上,我推门进去。他蜷缩在床头,脸色苍白,双眼迷乱,看上去非常无助。他很瘦,骨头很硬,像一块冰冷的铁。我觉得他的样子好像刚刚被魔鬼劫持,才死里逃生似的。我问,你为什么要这样? 他没回答。我说,我得罪你了吗? 这时,他突然大叫一声,说:

你给我滚!

我一直不知道他究竟出了什么事。我曾问过他曾经的女友,她说,我不知道,你们在一起,你应该比我清楚……

六

苏珊·桑塔格在《疾病的隐喻》中反对疾病无处不在的隐喻,看待疾病最真诚的方式——同时也是患者对待疾病的最健康的方式——是尽可能消除或抵制隐喻性思考。但福柯对疯狂却有许多诗性的理解,在福柯那里,疯狂成了一种强有力的存在,它对抗着理性,抗拒着道德和秩序。

福柯的疯狂是另一种疯狂,那是强人的疯狂。我见到的这些得病的人,却是如此软弱,芦苇一样易折。这些得病的人,在某种意义上可能是这世上最纯正的人,是一些孩子,他们在这世界庄严的秩序前面迷失了方向。现实是如此坚硬,他们黯然退场,把自己关入一个黑暗的个人天地。

1992 年,我换了单位。我被安排坐在他的对面。他身材中等,长相比较标准,脸上有一种硬硬的骨感,可以说相当性感。刚接触时,我觉得他挺冷漠的,眼神骄傲但又有一种混乱的气息。慢慢地,我还是感到他身上有一种孩子式的任性。中午休息,同事们喜欢打乒乓球,他技术很差,动作不像他的身材看上去那么协调,而是扭曲,像正受到什么束缚。但有时候,他很意外地超水平发挥,可以把所有高手都打趴下。当然,他水平低的时候居多,常等半天,没打几下就下台了。他对规矩是很遵守的,他退下来,把球拍狠狠地砸在球台上面。一次,球拍反弹,飞到一过路女孩身上,女孩大惊失色,一脸失贞的表情。我们笑着让他去安慰她。他一脸不以为意,很没风度地对她说:"你应该感到高兴,被打了一炮!"我们哄堂大笑,他却一脸认真。那女孩听了,很受伤,哇地哭出声来。

我到这单位时,他几乎没什么事干,整天游手好闲。并不是他不想干，而是另有原因。他也不多说话，坐在那里，双眼有些茫然。我不知他在想些什么。有时候，他会同我谈谈他的父亲。他的父亲曾是三五支队的成员，也算是干过革命，但在"文革"时，被打成反革命，专门给生产队淘粪。他的母亲身体不好，又患了白内障，眼睛几乎失明。他说他读书成绩很好，在当地年年考第一。他的父亲为此非常骄傲。他给我看他发表的论文，是关于桥梁方面的。他在专业上功夫下得还是蛮深的。

慢慢地，我听了关于他的传言。他是这个单位最早分配来的大学生。那年月，大学生吃香，他来时，单位给他搞了个隆重的欢迎会，可以说是夹道欢迎。这种情形现在是不可能再发生了。他理所当然受到重用。我所在的单位要承接市里的一些公共项目，他成了主力军。但他大约在人际关系上不善经营，对人情世故也缺乏深究，凭着书生的一厢情愿，经常和那些承包商闹矛盾。一次因为隐蔽工程不合格，他一连签署了几张停工通知单，惊动了领导。

单位里的人谁都知道建筑承包商有通天的本领，有的甚至连单位的领导都可以置之不理，何况区区一个技术人员？这样几次以后，领导就不信任他了。他慢慢地被边缘化，成了一个游手好闲的人。

我到这单位的时候，大学生已数不胜数，不再是稀罕之物。年轻人之间的竞争因此相当激烈。有他这个标本在，许多人都吸取教训，看领导脸色行事。他自然是相当看不惯，经常用不屑的口吻评论他们。他说得相当尖刻、锐利，好像同他们有着深仇大恨。他和单位里的人交往很少，同我还算比较谈得来。他谈论起单位的事情来，那口气简直像上帝一样，他说，他们真是可怜，像蚂蚁一样小。我同他开玩笑，我说，你是不是经常觉得自己像一个巨人，高达云端？他认真地说，你怎么知道？我真是这样，觉得我只要轻轻吹口气，就能把他们吹到天边。有时候他也会显得很无助，不停问我一些奇怪的问题。他的眼神惊恐，好像危险就在前面。我觉得他真的危险，就像一根绷紧的钢丝，随时有断裂的可能。

他的身上充满了各种矛盾的品质，比如，他在日常生活中是个十分自私的人，待人接物有点小气，但在工作上却没有一点私心，从事建筑行业的人大都会有一些灰色收入，他总是拒绝。又比如他看不起很多人，但同时对他们也不嫉妒。

单位提拔了一批年轻人到领导岗位。这种时候，往往是单位最动荡的时刻，每个人都各怀心思议论利害得失。他当然不可能被提拔。他因此受到了刺激，纤弱的神经终于断裂了。他见谁都笑。那笑容非常骄傲，一副瞧不起人的样子。他开始对我笑，好像我是一只蚂蚁，搞得我不想理他。他的笑没有停止过。他咧着嘴，好像这世界充满了乐子。很多人都被他的奇怪搞得很恼火，恨不得给他一耳光。后来，他就开始当面嘲笑领导。他去领导的办公室,坐在那里笑领导。

我知道,他疯了。他进入了他的那个顶天立地的巨人的角色,他在俯视人间,嘲笑一切可笑之人。我说,得早点通知他的家人——他年迈的父母。但领导认为他这是要挟,是装疯卖傻。领导自以为见多识广,对这种事有丰富的经验。也有人认为他可能最近失恋了,变成了花痴,理由是,他也经常对着女同事笑,而以前他因为内向几乎不和女同事说话。

如我所预料,他越来越疯狂,他的眼神越来越凶,开始有了暴力倾向。有一天,他带了一把刀子到了领导办公室,说要把领导杀了。领导这才通知他的家人把他送到康宁医院。

我对面的那个位置后来一直空着。同事们来我的办公室,在他的位置上坐下来,会满怀惋惜地说起他。这时候,大家记得的都是他的好,关于他的单纯,他的认真,他的专业水平,他的不徇私情。在大家的口里,他简直成了一位道德完美的人。我明白大家的意思,他是这个日渐凶险的环境的祭品。我有时候会担忧他的未来,据我所知这种病一旦发作,就很难治愈,他这么年轻,今后怎么办呢? 还有他年迈的父亲和失明的母亲,他们又如何面对唯一的儿子就这么毁了。后来,我调离了这个单位,再也没有关于他的消息。

2005. 4. 1

酒、诗歌及君子之品

　　这题目模仿了鲁迅先生的《魏晋风度及文章与药及酒之关系》。鲁迅在这篇著名的文章里,论述了药物或酒如何改变一代人的衣着、行为、思想和文章的,并且鲁迅先生说,背后其实还有政治这个众生难逃的本质力量。

　　我这篇文章没这么深刻。我不喝酒,不过正因为不喝酒,倒特别羡慕善饮者,平时对酒也多有关注,去旅行时碰到好酒或没见过的酒,常当作纪念品买上一瓶。现在的酒瓶做工之考究确实也像一件工艺品。有一次在墨西哥旅行,买了各种龙舌兰酒带回国,我至今都没喝过一口。在莫斯科买的是伏特加。那瓶伏特加一直放在书架上。多年后女儿告诉我,她小时候出于好奇曾打开伏特加尝过,太呛人了,没法咽下去。

　　希腊有一个酒神是 Dionysos(狄俄尼索斯),他是希腊神话中的主要神祇之一。他是酒、欢乐、宴会和狂热的神,也是戏剧的保护神。他通常被描绘为一个戴着葡萄藤花冠和长发的美男子，手持酒杯和长棍，被群女、半人马和豹子所伴随。酒能带来欢乐和狂热那是肯定的，但他还是戏剧的保护神，这就很有意思了。大概没酒的日子人们总归比较理性，生活难免平庸，也就没有戏剧性可言。喝了酒就不一样了，身体里酒精在燃烧，什么事都干得出来，也就有了戏剧性。从这个意义上来说，狄俄尼索斯作为戏剧的保护神实际上是在保护一种创造戏剧性的生活方式。

中国也有自己的"酒神"，叫杜康。据传杜康是夏朝第五代君主，他发明了酿造美酒的技艺。但中国的酒神最终也没有升华到让人崇拜的有某种保护力量的神。神殿庙宇都没见到过杜康这尊神。这和我们的文化源流还是相关的。我们从根本上把人放置于一个巨大的集体之中，讲究秩序，而不太喜欢把秩序打乱的那种戏剧性。这倒并不是说中国人不好酒，或者没有把酒做形而上处理，中国的酒文化也是相当博大精深的，无论在精神层面还是在世俗层面，都成了我们文化中最重要的一部分。

我在一篇小文中曾说过，中国文学史有太多关于酒的诗篇，要是没有酒，中国诗歌史可能就不太成立。

中国有太多关于酒的诗篇。诗总是和酒相伴。《诗经》中，饮酒者以君子之态出现，"既醉以酒，既饱以德，君子万年，介尔景福"。是的，酒可以醉，但君子之德必须保持。到了《古诗十九首》也还是这样，"今日良宴会，欢乐难具陈。弹筝奋逸响，新声妙入神。令德唱高言,识曲听其真。齐心同所愿,含意俱未申"。喝酒、欢乐、弹琴、畅聊、尚雅、理想,都以含蓄的方式表达,真的非常东方,和西方酒神中的个人主义相去甚远。到了魏晋,中国文化中的个人主义才有所抬头,照鲁迅的说法是那个时代政治变乱,文化名流都嗑药(五石散)去了,而嗑药这件事真的会扰乱心智,弄得一个时代的文人都个性张扬,他们宽衣白袍、袒胸露乳的做派也是因为药物和酒之故。到了诗歌最发达的唐代,酒简直成了诗歌的精灵。李白的诗修辞气象万千,很像酒后的幻象,在《将进酒》里,他写道:"君不见,黄河之水天上来,奔流到海不复回。"这是天才的想象。我觉得他的诗里一直有一个关于酒的灵魂,所以杜甫写出了这样的感叹:"李白斗酒诗百篇,长安市上酒家眠。"这些诗句影响深远,在酒局上如我这般不会喝酒的文人,经常被人质疑:"不会喝酒怎么写文章?"我们虽然没有酒神,但人们把酒当成了灵感之源(类似古希腊意义上的戏剧之神),须知一个小说家每天都需要写至少一千字的故事,故事要自成逻辑,哪里可以像诗人一样喝醉酒完成一篇诗作的——诗毕竟字数少并且可以是即兴的。酒和诗的关系,唐以后的诗人比如苏轼也写过无数篇章,苏轼写醉后的感觉非常有趣,和李白不同,完全有一种人间的趣味在。

不过中国诗歌到了现代,就有了酒神精神。中国现代性之初,文人们反传统,想要塑造一代新人,所以免不了化用西方,引入西方的酒神,郭沫若在《女神》中写道:"新造的葡萄酒浆,不能盛在那旧了的皮囊。我为容受你们的新热、新光,我要去创造个新鲜的太阳。"诗中遂有了"天狗","我飞奔,我狂叫,我燃烧……"我觉得这是一只醉醺醺的狗,吞日月,吞星球,五四新人想就此改变山河、大地、宇宙。我们从郭沫若的诗中既读到了李白,也读到了一尊西方的神。

《古诗十九首》关于欢宴的场景有寥落的宇宙之气,即便是饮酒欢宴也会生出一种辽阔的悲伤。这也是中国的传统,面对生命的有限、人生的艰辛或是壮志难酬,常会生出所谓"生年不满百,常怀千岁忧"的感慨来。在我们的文化中,对时光的凭吊已然是一种深远的传统,李白试图以酒对抗时光,"五花马,千金裘,呼儿将出换美酒,与尔同销万古愁"。但在这豪言中我们感受到的是更深的忧愁,深阔如宇宙般的怅然。但到了现代,到了郭沫若这儿,仿佛来到人类的童年时代,那万古之愁被一种少年的天真所取代。

当然,在中国,酒不只是同诗人有关,对一个好吃的民族,一个热爱美食的民族,酒就是我们的日常生活。某种程度上,这一日常生活之"酒"可能是我们诗歌传统的反面。中国是一个世俗社会,历朝历代很少有禁酒期,酒是我们婚丧嫁娶甚至祭祀时必不可少的存在。在民间,酒文化可谓博大精深。朋友相聚,酒是少不了的,三杯下肚,人就放松了、祥和了,朋友之间的交流也顺畅了,人与人变得没了距离。我们有一个以"集体主义"(用儒家的话说是人伦家国)为核心的传统,本能地压抑自我是题中应有之义,我们需要适当地用一些形式,比如喝酒,解放自我,释放压抑的力比多,也因此我们的酒文化特别发达。到了酒桌上人不由得嗨起来,原本理性的外壳脱了去,酒过三巡,便觉得自己仿佛新生了一般(所以郭沫若的诗需要酒),连说出的话也变得有趣起来,"个性"一个个暴露了。在平常我们崇尚秩序,只是我们的生命不是秩序可以规约的,有了酒,我们便会露出秩序之外的"个性",而这"个性"可能是迷人的,当然也可能是恶劣的。

我因为不会喝酒,对饮酒者一直抱有既仰慕又包容之心,我不希望人们酒后失态,但也理解好饮者的狂放行为。在大多数情况下,酒是我们生活中必不可少的安慰剂,也是人际关系的缓冲剂,在酒桌上,可以"一笑泯恩仇",并且在一些美好的日子、一些亲人相聚的日子、欢庆的日子,怎么能少了美酒呢?对一个内向的民族来说,美酒关乎我们的情感,其中藏着情谊、感恩、尊重以及爱。"我醉欲眠卿且去,明朝有意抱琴来。"这是多么深情的表白。

我私下里还是觉得即便醉酒最好要有君子之风。就像习酒的广告词:君子之品。我觉得这四个字和《诗经》以来我们倡导的酒德是一致的:"南有嘉鱼,烝然罩罩。君子有酒,嘉宾式燕以乐。"说的都是品酒的风度。

2023.4.30 杭州

最好的时光

《最好的时光》是一部电影的名字。电影没有看过，名字却是过目难忘。词语自有其魔力，简单的一个组合可以迅捷地击中人的生命经验。女儿长大，去国外读书了，原本热闹的生活一下子安静下来，突然感觉生命的空旷与寂寞，内心惶恐地想起"空巢"这个词。岁月真的有其不可违背的意志力，总是会在不经意间让你感到时光流逝。想起在《文学港》做编辑的日子，竟有了隔世之感，无端地想起这部电影的片名。

在宁波，《文学港》杂志社应该是所有有志于写作的人都乐意去的单位，倒不是收入有多高，是因为在那儿上班宽松，上半天班，有足够时间写作。一个写作的人大都有理想主义情怀，与写作比，收入似乎不是太重要的事。人生有很多种成功的经验，但有一条我认为是最为根本的，就是工作与兴趣一致。这会激发生命的创造力，让劳动成为一种乐趣和需要。

我是 2000 年调入《文学港》的。那时候年少轻狂，我的写作似乎存在无限的可能性，那会儿写创作谈也起诸如"无限之路"这样的标题，我真的觉得未来的光芒在吸引着我。在《文学港》期间，我写出了可能是我此生最为重要的作品，如《爱人同志》《风和日丽》。

编辑是我的本职工作，看稿、约稿是常态。作为一个地方性刊物的编辑，我的影响力也有限。我自己从事写作，对文坛的情况比较了解，特别关注一些刚刚起步的年轻人，比如田耳、曹寇、徐则臣、杨怡芬等，都在《文学港》以专栏的形式推出过。如今他们的名字在文坛已十分响亮，有的已是全国奖的得主。田耳的处女作应该是在《文学港》发表的，虽不成熟，但锐利有力。我一直认为对刚起步的写作者，其作品不一定要很成熟，但要看到其"锐利"的精神性的一面，只要有这点东西，日后就极有可能成为一位好的小说家——小说的技术问题是可以慢慢解决的。《人民文学》这样的刊物需要发成熟的作品，像《文学港》这样的刊物可以发不成熟但有个性的作品。

总会有一些文学之外的事情。我们所处的时代是个经济年代，经济生活几乎主导着一切，包括人们的兴奋点。那几年正值股票牛市，股票的信息也会传入月湖边那个小小的编辑部所在的建筑——贺秘监祠。我大概是编辑部唯一没有涉足股市的人。我发现一个规律，上午我进入办公室时，如果众声喧哗，那一定是牛市。如果静悄悄一片死寂,那就是股票在跌。我从中看到金钱惊人的力量,它可以轻易刺激到人的兴奋点。

编辑部总是很热闹,会有各式各样的朋友来。我此生见过的最奇怪的人大都在《文学港》杂志社。他们有的不再年轻,可能这辈子都在写作,盼望着发表的机会。他们背着厚厚的稿子来到编辑部,渴望认同,其行为和逻辑都非常特别。在做编辑的日子,我体会到了自己内心的柔软和冷酷。我喜欢有才华的人,即使他们身上有诸多毛病,而对那些显然不适合写作、一直生活在文学梦里的人,我即便心里满怀悲悯,但绝不鼓励,甚至表达得非常冷淡。我多么希望他们有正常的人生,而不是被文学梦所戕害。这个时候,我觉得文学就像是股票,一不小心也会套牢整个人生。

2016.11.2

辑二

搬家记

　　我决定来杭州的这些日子睡眠不太好。我原本以为我调到杭州会很高兴，但真要搬家，还是有怀旧的伤感情绪。在宁波待了二十多年，宁波已是我的第二故乡，我已习惯了这里的生活。宁波是个安静的城市，甚至它的商业也是安静的。我觉得宁波和我的气质有吻合之处。我创造的小说世界，永城是个重要的存在，我就是以宁波作为想象来写的。就生活面来说，宁波可能更舒适，宁波菜也比杭州菜好吃，所以离开宁波也不是没有犹豫过。

　　有时候半夜起来，走进书房，找一些书来读。有一天，我翻看一堆旧杂志，从里面掉出当时《花城》编辑林宋瑜1996年写给我的一封信，信非常简单，她通知我，我的处女作《少年杨淇佩着刀》将发表于当年的《花城》第六期。我那时候和文学界没有任何联系，是林宋瑜从自由投稿中挑出来的。后来我的长篇处女作《越野赛跑》也是她编发的。

我同我17岁的女儿聊起过这事，她谆谆"教诲"我，这样的编辑一定要记牢。

命运很神奇，就这样我走上了文学之路。前几天在饭桌上，有人提起首届文学之星的往事，当年是我和吴晓波先生竞争，结果我胜出。那人感叹道，是老天不让吴晓波在文学圈混，让他成为一位著名财经作家，成就了他今天的事业。当时我想，大概老天要让我待在文学圈。

哈，这样的年纪我竟怀旧了。

真到搬家时，倒是容易的。因为我本来在杭州城边上有一套小房子。很多生活用品原本就有的，并且那房子里也有一些书。而这几年，我已习惯于看电子书。电子书是个好东西，现在你也许买不到绝版书，但你总有办法在网上找到它的电子版。当然如果读完电子版，觉得值得保存，我会买一本纸质书，比如《繁花》。

电子书的好处是还可以做阅读笔记。这几年，一只KINDLE（电子阅读器）一直伴着我，但不久前，我把它丢在阿布扎比回北京的班机上，没有找回来。我难过了好一阵子，为那些阅读心得。我现在都没注销那个账号，希望那个捡到的陌生人有一天在我的账号里出现。

我只是把书房整理了一遍，保留了宁波的这个书房，决定在杭州另建一个书房。我到杭州几乎没带什么书，只带了一些画册过来，因为这几年我迷上了画点小画，视觉这种东西似乎比写作要有趣得多,我拿这事当作休息。另外还带了几本自己的书——这不是我自恋,我们文人,没什么东西可送,碰到新朋友,也只能送送自己的书。

我搬家到杭州后,女儿从澳大利亚回来。她独自在杭州街头逛的时候,碰到一个男孩,给她拍照,并各自留了微信——当然这只是男孩子套瓷的小把戏。因为这个遭遇,我女儿觉得杭州很有趣,很"浪漫",因为她觉得在宁波,就没碰到过这样的事。

我的感觉和我女儿有点类似。她觉得杭州很有趣,我觉得杭州比较宽容。一位北京的朋友曾同我谈起等级问题,他说等级在县城最严重,杭州这样的城市会相对宽松,在北京,你甚至可以叫一个部长为老某,在县城你敢这么叫吗?我们写作的人,喜欢宽松、宽容的环境,喜欢这种没大没小的感觉。我觉得这种珍贵的东西杭州是有的。这是我喜欢杭州的原因。

我的一位朋友把我来杭州当成我"文学"上的搬家。他说,换换地方总会长精神,作家和他所居住的城市还是有微妙而复杂的关系,杭州总归气象比较大。我本人并没有想那么多,但如果杭州能给我带来写作上的变化,我还是会高兴的。我们写作的人都不希望重复自己,希望每部作品都不一样。

2015. 9. 10

女儿的课

星期三傍晚接女儿,女儿上车后一直黑着脸。

我问她,怎么啦?

她说,今天很气愤,因为美国外教干了件很离谱的事:外教说最新研究成果表明,聪明与否与耳垂大小有关,耳垂大的聪明,耳垂小的智商较低。那堂课,外教根据耳垂大小把学生分成两组。大耳垂可以不听课,玩儿去;小耳垂们得照常上课,做十分幼稚的题目。我女儿是小耳垂,深感羞辱。做题目时,情绪很大,整张卷子答非所问。

女儿读的是国际班。我第一反应是美国人在开玩笑。

女儿说,他十分严肃,认真到爆。

我说,美国人不可能干这种事啊,他们对歧视一类的问题一向敏感,是不会触碰这一底线的。要是他是认真的,那他肯定是错的。当年纳粹就是这么干的。

我女儿让我打电话给校长。我说,这个问题得你自己解决。你首先要向美国外教抗议,你得学会向他表明你的立场,这样他会尊重你。如果他还继续,你自己去跟校长说。如果校长不重视这事,那我一定同他去交涉。

女儿的气愤一直延续到晚饭后。她开始用英文写一篇檄文,狠批美国外教的荒唐观点。

第二天下午又是美国外教的课,但女儿不想再上课了,她打算自己打车回家。她向班主任请假,班主任问为什么,女儿说出原因。班主任大惊,于是把校长请来。校长一脸轻松,说那只是一堂实验课,老师都是为你们好,你好好听就是。

下午,美国外教让大耳垂们站在黑板前,然后问他们当听到耳垂大聪明是什么感觉,大耳垂们个个得意,好像就此变成了上等人,对坐在底下的小耳垂们表现出明显的鄙夷。这时美国外教说,其实是他搞错了,应该是小耳垂们比较聪明。讲台上的大耳垂们开始不安并尴尬起来。

最后,美国外教把谜底揭晓:以耳垂大小分智商高低肯定是错的,他只是想让学生们尝尝被歧视的感觉,让他们记住无论在哪儿都不应歧视人。但他对学生的表现很失望,竟然没一个学生对老师的做法提出疑问或反抗。这是危险的,如果你们这样懦弱,你们就会被希特勒这样的人欺压,当年希特勒就是这么做的。

星期四傍晚,女儿述说着这一课。她感到遗憾,没有在第一堂课说出自己的难过与不满。

　　那样的话,我太牛了。她说。

　　你把檄文交给美国人了吗? 我问。

　　中午校长谈了后我知道了这是个实验,就没交。她说。

　　我安慰她,至少你有所行动。

2014. 5. 10

双城记

——从宁波到杭州

钱塘江江面辽阔平静，江上船只稀疏，偶尔会漂过一只，安静缓慢地移动。我站在北阳台上，久久地凝视它们，江远船小，仿佛一动不动，漂浮在水天之处，漫无目的，我的思维也因此停止了。我把这种时刻矫情地叫作灵魂逃离现世的时刻。什么都不想，什么都不做，喝茶发呆。六和塔立在月轮山腰上，月轮峰山体秀美，植物蓬勃。秋天的时候，能看到红色的枫叶和金黄色的银杏叶点缀整个山脉，色泽饱满但不抢眼，有着古画一般的沉着与低调。我因此相信这些黄和红是某位丹青高手千年之前点画在这山体之上的。

三年前我从宁波搬到杭州，定居下来。我选择在钱塘江最秀美的一段安了家。我为自己的居室起了个名，叫南有堂。我本来没有起堂名的雅好，我画点小画后，似乎需要有个堂号，可以刻一枚小章。我的画不行，全靠好章醒画。

每天早上醒来,总是有一只白鸽——只有一只,在江上飞来飞去。一会儿栖息在江边的树枝上,有阳光的日子,它可以一动不动几个小时。总是有一些人在钓鱼。我没有看见过他们的渔获,好像他们在那儿只是一个点缀。早餐后,我坐在电脑前也像是屋子里一个点缀。时间过得很快,一天转眼就过去了,我可能一无所获,像窗外那些钓鱼的人。

　　这三年,宁波、杭州两边跑,过起了双城生活。我通常开车回去,有时也会坐高铁。我记得夏天的某个下午,刚下过一场雨,我坐在高铁上,看到车窗外山体连绵,高度饱和的绿色之上,白云低垂,一动不动,整个世界像被刷新了一样,透出某种一尘不染的美感,像是史前的某个瞬间。

　　我望着窗外,想到一个再普通不过的词:江南。在中国文化中,"江南"这个词太重要了,要是没有"江南",我们的传统几乎无所依归。"江南"是我们传统里的血和肉。

　　西湖无疑是"江南"的代表,也是关于"江南"的想象所在地。她美丽得近乎虚幻,硬生生把自己装进了一卷古画里。我经常想,西湖在中国相当于《红楼梦》之于中国。

　　我很少去西湖。在出神的时刻,会想象一下西湖。过了钱塘江大桥,进虎跑路,到尽头就看见西湖了。把游人想象到最少,西湖便成一个清寂的存在,那是古诗里的江南了。前年下了一场大雪,西湖便成了一个雪白的世界。在江南,下雪是件让人高兴的事。朋友圈里晒着各种西湖的雪景。我和女儿趁兴去西湖看雪。在雪天，虽然一样的游人如织，一样的人挤着人，但还是觉得那就是苏东坡和白居易的西湖，干净、清寂，透着非人间的气息。

到了宁波就不一样了。宁波到处都透着热气腾腾的人间气息。

我在宁波待了二十多年，可以说生命中最好的时光都留在了宁波。与杭州比，我应该更了解宁波。思乡是从胃开始的，思乡之情总是巧妙地转换成味觉。我虽不是宁波人，但宁波的美食早已融入我的味觉系统。从这个意义上说，宁波已是我的另一个故乡。

我在宁波的房子比杭州的大，有一个大书房。我女儿有时候会带同学来，会被书架吓到。书架确实是挺吓人的，不过不少书我没读过。到了我这年纪，对读物越来越挑剔了，有些书买来，可能永远不会打开。

作为一个写小说以及喜欢独处的人，我在书房待的时间最久。在我的小说世界里，有一个叫"永城"的地方，那是我虚构的一座南方城市，潮湿而混乱，时而沉静，时而喧嚣。这个叫"永城"的城市和宁波息息相关。在"永城"，有很多街道、公园和河流，比如公园路、法院巷、护城河、南塘老街等，可以和现实的宁波一一对应。

几年前，宁波三江口的天主教堂失火，我在《风和日丽》中描述过这个法国人建的教堂。那时候我还没离开宁波,特意去现场看了,很多市民神色凝重,惋惜之情溢于言表。这座140多年的教堂,不算高大,但细节非常精美,也是宁波的地标性建筑。我在宁波时,若是有外地朋友来,会带他们去看看这座老教堂。在我心里,它不仅仅是一个宗教建筑,也是一个见证,五口通商给这个城市带来的现代商业文明。

商业文明以实利为原则,尊重规则,对物有敬意,因此有更大的包容性。在"文革"期间,宁波没有太多过激行为,"四旧"得以逃过一劫。如今,在宁波乡村,依旧可以看到完好保存的古老的祠堂以及精美的戏台。

我喜欢站在我家阳台上,望着远方。我喜欢拍天空。前些年,空气很糟,这几年好多了。我在阳台上拍了无数天空的照片——蓝色的天,灰色的天,镶着金边的云朵的天,狂风呼啸或电闪雷鸣的天。我这行为没有任何意义,这四十五度角的仰望不是在探求宇宙的真理,是我实在太宅了。

当然我还是愿意去外面散步的。散步是我唯一的运动。

从我家往北走,是月湖和天一阁。这个方向好像更具精神性。如果向南走,那就是南塘老街。那是一个吃货的世界,有各种各样的老字号小吃,如毛豆腐、油赞子、烤生蚝、炸鱿鱼、蟹黄汤包,等等。对我来说正确的方向是向南走。我将要创造的世界必须是一个充满人间烟火的世界,我需要透过人间烟火看清人生冷暖。

行走在熙熙人流中,一张一张习见的陌生的脸,或热烈,或漠然,或平庸,或惊艳。他们和我擦肩而过。他们如此遥远,又是如此之近。他们的人生我无从得知,要回到写字台前,进入虚构的世界,我才感到这些陌生人似乎早就认得。

如果天气好,我便在南塘老街路边的椅子上坐下来,来一碗汤圆。汤圆应该是宁波最有名的小吃了。更重要的是汤圆这个意象和宁波的气息是如此吻合,它是人间的、圆融的、家常的,却也是精神性的,和西湖的雪一样是洁白的,只不过它是热的白,世俗的白。

2018. 2. 8

上城之旧建筑

是什么塑造了今天的杭州？我觉得有两件东西特别重要，可以说是杭州的至宝：一是这座城市曾是南宋的都城，二是这座城市有一个天堂般的西湖。南宋带来了大量的北方的士族。他们到了南方，似乎不再满足北方文化系统中以伦理和庙堂见长的学问，被西湖以及南方的山水迷住了。南方的山水以润物细无声的方式，浸透到中国文化的肌理之中，寄生出一种有别于北方传统的更具艺术雅趣的生活方式，从此大大增进了中国文化的丰富性，使中国文化显出人性化的诗意的同时又是世俗的远离政治的另一面，我们暂且可以叫它"江南"生活方式。

在中国文化中，"江南"这个词语至关重要，如果没有"江南"，我们的传统几乎是没有依归的。在文学史上，太多重要的诗篇都和"江南"这个意象有关，"江南"就是我们文化中的血和肉。杭州或西湖无疑是"江南"的代表，也是"江南"重要的想象之地。

西湖美丽而清寂,活生生把自己装进一卷古画里。我经常想,杭州的意义,在某种程度上好比《红楼梦》之于中国,优雅、美妙、丰润,是独一的,又是特别中国的。

上城独占了杭州的两样至宝:它是南宋皇城所在地,又面朝西湖。它是杭州这座城的文化根脉所在。今天的杭州已无比广大,上城应该算是最小的一个区,可小又怎么样呢?它终究是杭城的核心,杭州文化种子在此孕育。它自带光环,底蕴深厚,是杭州这座城市真正的活化石。比如语言。说起杭州方言,在吴语系统中相当独特,带着诸多北方官腔。在过去,据说只有上城人的口音才算正宗杭州话,带皇城根儿的派头,有着居高临下的气势。

中国城市化进程中,走了不少弯路,"破旧立新"造就了千城一面的局面。这方面杭州特别幸运,它有一个西湖,西湖是拆不走的,围绕着西湖的传说掌故是拆不走的。另一方面,杭州的城市管理者特别有眼光,很好地保存了诸多历史文化建筑。上城称得上是杭州历史建筑的主要集聚地。

建筑同一个民族的哲学和文化紧密相关。中国建筑艺术无疑是中国人的伦理观、审美观、价值观和自然观的集中体现。总体而言,我国各个时期的建筑都可以透视出中华文化的精神内涵,注重与自然高度和谐,讲究天人合一的境界,追求中和、平易、含蓄、深沉的美感。同时,在历史进程中,也可能看出各个时期各自的审美趣味,尤其在多种文化碰撞和融合过程中,建筑会发生

115

微妙的改变,生动记录了当时人民的生活以及思想状态,从这个意义上说,历经岁月沧桑的建筑都是历史的记录者和见证者。

如果你走在上城的街巷,能明显感受到如上观点。胡庆余堂和汪宅完全是中式的格局。南山路上的诸多别墅,大多以中式风格为主,但也融合了西式元素。恒庐和思澄堂是西式建筑,不过可以见出诸多中国风味。哪怕是伊斯兰教堂凤凰寺,虽然建筑的整体风格是伊斯兰的,但我们看到建筑的顶部以中式飞檐代替了常见的洋葱顶。而浙江兴业银行旧址完全是西洋建筑了。更多的是普通的民居,无论是湖边邨近代典型民居,还是中山中路民国建筑群等,种类丰富,形制多样。这些建筑是杭州历史文化的鲜活载体,是传统市井生活、教育、生产、民俗礼制的生动体现,更是不可再生的最独特资源。它们承载着杭州各个时代的历史、文化和生活要素,保存着杭州的历史基因和生命信息。

上城区住建局整理出近三百处文物和历史建筑,将其形状、建筑风貌、历史沿革、人文故事等以图文搭配的形式结集成册,让大家能深入了解上城,充分领略历史,品读上城之韵。这表明了上城区城市管理者独到的历史眼光和人文情怀,表明了保护好历史文化遗产的决心。杭州作为一座历史文化名城,这些历史建筑就是厚实的家底,和这座城市的生活方式密切相关。这种基础性工作不但具有历史考古学意义,也有社会学及文化史的意义。

曹雪芹在《红楼梦》中建造了一个纸上的建筑——大观园。

大观园可能是中国人心目中最有名的建筑之一。这就是虚构的力量。从某种意义上说，这些建筑本身就是一个天然的舞台，提供给作家无穷的想象和创作灵感。当一座建筑有了一个自己的故事，有了属于自己的经典人物，那么这座建筑便可以进入永恒的序列。就像一部电视剧造就了乔家大院，也许有一天，这些建筑里也会诞生出不朽的故事。从这个意义上说，作为一名作家，我要在此特别感谢上城区住建局所做的这件事，这是一件诗意的事，一件功德无量的事。

2019. 8. 9

在天上,在人间

——阅读和生活

今天论坛的主题是阅读,但是作为一位从宁波出去的小说家,我想先谈谈我和宁波这座城市的关系。

我1988年大学毕业后来到宁波,在宁波生活了二十多年,可以说生命中最美好的时光留在了宁波。如今,在很多场合,见到文坛的朋友,或是别的界别的朋友,他们都习惯于把我当成宁波人,我通常微笑默认,不做任何解释,因为在我心里,宁波就是我的故乡之一。

我至今已写了六部长篇小说,以及若干部中短篇小说集。我一直在小说里虚构着一座南方城市,这座城市叫永城,永远的"永"。我的故事大都发生在永城,但读者完全可以把这座城想象成宁波,"永"就代表着宁波的简称甬。我写到了三江口、护城河、法院巷、和义大道和鼓楼等地方,也写到了宁波的风土人情、气候以及物产。我要感谢我曾生活过的这座美丽的城市,她提供给了我源源不断的灵感和想象。

我在长篇小说《风和日丽》中写到三江口的教堂,它建于1872年,是由法国传教士所筑造。这座教堂在小说一开头就出现了,1949年小说主人公杨小翼就读的教会学校,就在教堂的后面,她在教室里能听到教堂里传来的诵经声。几年前,我听闻这座秀美端庄的教堂意外起火,相当震惊,还特意跑去,看了劫后余生的教堂,看到被烧成只剩骨架的古老建筑,心里分外伤感。在我个人的理解中,它是宁波的一个象征物,某种程度上也标志着这个城市现代性进程中的一个胎记。

在这个以阅读为主题的论坛上,我想说,对我这个从事写作的人来说,宁波本身就是一本大书,值得我阅读、鉴赏以及思考。

所以我想谈谈我所理解的这座城市的文化以及她的人民。

在我的感觉里,历史上的宁波一直是一个市民社会,其形态是一种市民主义文化形态,商业性是她的显著特点。一般来说,宁波人追求实惠,比较勤劳、节俭,有生意头脑。宁波形成这样一种传统,首先当然是地理原因——她面对浩瀚无际的海洋。

在古代,海洋表面上看起来,像是人类拓展生存空间的巨大障碍,但人类历来是充满好奇心的,充满了冒险的精神。因此,大海对人类来说是无路之路,既是险途,又有广阔的可能性。海洋总是和商业密切相关。过去宁波的交通没有那么发达,在地理上相对偏远,因为远离政治中心,民间的力量会更强大一些,所以宁波的趣味绝对不可能是北京那样"居庙堂之高"的趣味,宁波的趣味是更具人性化的那一种,宽松、休闲、优雅、物欲。在这种趣味下,民间商业就比较活跃。

在传统中国社会,商业文明一直是民间行为,很难在庙堂内获得承认。传统中国的思想是儒学一统天下。儒学是以伦理为核心的思想体系,在这个系统中,轻视工、商,工、商为末。由于宁波的商业文化或市民主义文化比较发达,这种文化有一种强烈的对现存秩序重新解释的内在需要。所以,当年以王阳明、黄宗羲为代表的宁波知识分子,在姚江边上,满怀文化雄心,提出了"知行合一,经世致用,工商皆本"的理论。这可以说是一次应运而生的思想革命,这是商业主义话语机智地融入传统的儒道,从传统的缝隙中拓展出自身的价值。

商业本身具有很大的包容性,它是流动的、开放的,它需要交往、需要妥协,较少排他性。在这个过程中,宁波这个城市有了多种文化融合的气象。这个城市很早就有伊斯兰教教堂、天主教教堂、妈祖庙,更不要说佛教神殿了。在历史上,元代以来,宁波作为一个港口城市,一直保持对外接触。到了现代,更是领风气之先。

商业文明带来敬物的传统。宁波就像她的名字,安宁而波澜不兴。即便在"文革"、破"四旧"期间,也少具破坏性。在宁波地区,你可以发现乡村的庙宇和祠堂基本得以幸存,并且保存完好。

宁波人是精明的，他们知道什么东西是有价值的。这和我的故乡绍兴完全不同。绍兴在"文革"中的破坏要惨烈得多。绍兴是江南的异类，一直有革命的性格，就像那里诞生的绍剧，是歇斯底里的，有着北方的雄风，也因此在绍兴诞生了像鲁迅、秋瑾、徐锡麟这样的刚烈之士。

商业文明相对较少具有革命性格，宁波是温和、安静的，我认为历史事件对宁波人的影响很小。而王阳明的学识可能给宁波留下了精神遗产，影响后世的宁波人的性格及思考方式。我愿意把这称为宁波人的一次"精神事件"。宁波人或多或少受这一学识的滋养。

一般来说，宁波人是比较懂得"经世致用"的。宁波人具有一种民间和庙堂、鱼与熊掌得兼的圆融的性格。宁波商帮闻名于世，就是这种个性结出的花朵和果实。历史上有很多商帮，有的比宁波帮要有名得多，但最后都消失了，只有宁波帮一枝独秀，至今繁盛。我认为，这同宁波的市民主义商业文化有关。这种文化一般来说比较重视市场，而有些商帮更重视政治与权力。

这种圆融的个性不但在宁波商帮中有所体现，在宁波籍文化人中也有所反映。比如宁波籍的文化名人——余秋雨、陈逸飞、冯骥才等，他们都不是一般意义上的学者、文学家或画家，他们身上的社会功能要复杂得多。

如果要给宁波人的性格找到一个喻体，我觉得非汤圆莫属。

汤圆这个宁波特产非常符合宁波人的文化性格:热情、实在、包容、圆通、开放——这一点很重要——有"仁"心。

首先,汤圆的气息完全是市民社会的其乐融融的气息。其次,宁波人的商业性格并不是反传统的,宁波人是非常重视教育的。宁波人对文明、对传统、对"字"都是很尊敬的。成为富豪的宁波人可能没受过多高的教育,但他们一般来说相当尊敬有学问的人。今天宁波帮捐资最多的领域就是教育。宁波帮兴建了一大批大学、中学和小学。今天的教学界都会记得这些名字:包玉刚、邵逸夫、李惠利,等等。

今天我们的主题是关于阅读,同书籍相关。我们自然会说起天一阁。我愿意从象征意义上去理解天一阁。我觉得天一阁对宁波来说同样是一个喻体,一个性格的喻体,天一阁象征宁波人精神意义上的"仁"的一面——这一点和世俗的汤圆相似,同时也象征着宁波人遵守规则的一面。

天一阁有很多规矩。这些规矩现在还遵守着。比如进入天一阁的书是绝对不准外借的。我曾同天一阁的一位馆长讨论过这个问题。他说,如果有外借,必定会有丢失的可能。因为有了这一条,他可保证进入天一阁的书千秋万代都会存在。像这些规章其实是一些技术问题,我们不必带着批判的目光去解读。

技术主义和对规则的尊重是商业文明的基础。这是宁波这座城市的魅力所在,也是她区别于别的城市的基本个性。

这是我阅读宁波这座城市的心得和浅见。我对她的虚构就建立于此。

下面我想谈谈虚构对一座城市的意义。

中国的现代性是短暂而迅捷的。由于太过激烈，我们失去了很多原本应该保留的东西。因为我曾长期居住在鼓楼边，见证了镇明路以及药行街的变迁。现在往日的旧街不复存在，街道焕然一新。几年前，我在宁波水彩画家林绍灵先生那儿看见过一幅画——《从镇明路看鼓楼》，看到往日旧景，感慨万千。

中国的现代性之路，使得现在大小城市，千城一面，没有特色。宁波虽有遗憾，但还是保留着自己的个性，天一阁在，鼓楼在，唐塔在，三江口的教堂在。说起唐塔，在中山路拓宽前，是藏在一个居民家里，藏在我夫人的邻居家里。我夫人说她从小在唐塔上爬上爬下。现在你们知道了，如果你们不认我是宁波人，我至少是宁波女婿。

在一个全新的庞大的钢筋水泥丛林中，她的人民需要诗意地栖居。她的历史需要被保存，同时新的历史需要被书写。我认为虚构能够建立这个城市共同的诗意的想象空间，是用来抵抗水泥丛林的有效方式。

我想以鲁迅先生为例。鲁迅先生年轻时已离开了绍兴，却给绍兴留下一个虚构的世界。今天，绍兴人或来到绍兴的游人，不但生活在物质的绍兴里，同时也生活在鲁迅先生虚构的绍兴中。

鲁迅虚构的那些人物,如此鲜活地活在我们心中。他们永远是那个样子、那个岁数。那些典型人物,无论是阿Q还是祥林嫂,或是孔乙己,他们比芸芸众生活得更长久。他们像世上的伟人一样,是不朽的存在。鲁迅拓展了绍兴,他用词语构筑了一个诗意的、想象的绍兴。今天,不光是绍兴人,全中国乃至全世界都在享受鲁迅的遗产。

这就是我用小说的方式想象宁波的原因。虽然不是一个必然的原因,但确实是我的一个重要的想法。如今虽然我离开了宁波,但我的小说世界留在了宁波,并且还在继续虚构宁波。

我的新作《妇女简史》,如果你们愿意读,就会发现很多属于宁波的元素,我写的就是关于宁波的故事。当然,我更多关心的是人性,关于一个女人所遭遇到的各种情况的可能性,并且我希望每一位读者,在小说里都能找到自己的影子,哪怕是瞬间的念头。

我当然不敢和鲁迅先生比,但至少我可以做一些基础性的工作。一个城市只有在不停的描述中,才能产生诗意。词语有着强大的能力,钢筋水泥可以在词语的抚摸下变得柔软。山川和河流原本只不过是山川和河流,但在经过无数诗人目光的抚摸后,经过《诗经》、唐诗、宋词的描述后,山川河流变得诗意沛然。从此我们看到的山河不仅仅是物质的山河,也是被词语描述过的文化山河。城市也一样,需要虚构的存在,一个虚构的世界就是我们共同的诗意空间,一个沟通的通道,可以抵御日益粗糙的生活。

现在,我终于可以回到论坛的主题,来谈谈真正意义上的阅读,谈谈何以我们需要文学。

阅读从本质上讲,它是物质的对立面,它有着安静的品质,它的介质是文字,它是一个人完成的,这种方式本身就有远离尘嚣的意思。而不管你是谁,你差不多总要在某一时刻面对"自我"、面对"个人"。因为人的内心结构规定了这种特性。你可以在某些时候生活得很放纵,但当你彻底放纵的时候,你还是会发现一些根本性的人生问题需要解决。而这些东西,在经济生活中恐怕是找不到的,经济生活是由欲望驱动的,是浮华的、热闹的。阅读,或阅读文学,当然也解决不了这些人生问题,恐怕任何一种哲学都解决不了我们全部的人生问题,这是人生的困境,但文学作品里,有一种抱慰的力量,在我们人生惊慌失措的时刻,给我们以安慰。

我不知道大家有没有读过刘小枫的《沉重的肉身》。关于文学的抱慰的力量,他有一个十分好的例子,他讲了一群在"文革"中"械斗"的孩子,在某个停电夜晚,黑暗让孩子们陷入恐惧与孤单之中。这时,有人开始讲述故事了,讲福尔摩斯的故事,讲传奇的梅里美的故事,讲悲伤的雨果的故事。孩子们都安静下来,恐惧慢慢地消失了,而那些故事以温暖的方式,让孩子们摆脱对黑暗的恐惧。他们手挽着手,感受到因为这故事而产生的人生暖意。

这个夜晚很像人类原初的时候。大家知道，人类原初的时候，没有那么多科学知识，面对广阔而神秘的天空，面对自然的更替，想必我们的祖先肯定会感到恐惧与孤单。于是人类第一个故事诞生了，也许是一个神话，也许是一次奇遇，他们通过故事试图对世界做出一种猜想和解释。故事在这里起到的作用和那个停电之夜于孩子们的作用是一样的。故事让恐惧消退，使明天的艰辛和孤单变得可以承受。

何以我们在听故事的时候会感到温暖和安慰呢？这是因为，我们在故事里看到了别人的人生经验。我们每一个人都是孤独的，人与人之间其实很难沟通，误解倒是普遍现象。现在，我们通过小说或故事，看到了别人的人生，我们得以窥见在这个世界上还有另外一个人和我们的经验是如此相似，碰到的人生问题和我们一样，于是那种孤单感会在阅读时慢慢退去。所以叙事艺术，在现代，它的喃喃自语相当于教堂里的祈祷，能够让一个一个孤立的个体联结在一起，是能够抵抗我们的孤独感的。

这就是文学的力量所在，也是阅读的力量所在。

本文系在浙江书展论坛上的演讲

2020. 11. 6

叽叽喳喳的麻将和瓷实的汤圆

周末,有朋友来宁波玩儿。每次有朋友来,都例行要陪着去看一下天一阁,往往是走马观花,不求甚解。至少我是这样,去过多次,很惭愧,朋友问起来,还是说不出个所以然来。我的这位朋友是个能说会道的人,他倒是能把天一阁的来龙去脉说道一番,并上升到形而上高度,比如说,他认为从天一阁可以看出宁波人的性格中是有"守"和"迁"的一面。我笑笑,我想,大概是这座古老的建筑外表上给人一种压抑、严峻的印象,就好像它就是"封建主义"本身,所以其意义似乎也格外沉重。

但天一阁也有它活泼的一面,比如新建的麻将馆。那是我比较喜欢逗留的地方。到了这里,我就会变得轻松起来,不那么严肃了。可见,我这个人是多么形而下。麻将馆里,梳着长长辫子的清朝男人和西方人在打麻将,一只海船停泊在港——这些当然都是雕塑。同庄严的天一阁相比,这里就显得通俗易懂了。这里俨然一派世俗生活景象，生活安逸，光线充足，充满了人间的乐趣。

麻将据说是宁波人发明的。麻将原来的名字叫麻雀，因为搓牌时那种叽叽喳喳，颇似麻雀的叫声。宁波一地的口音，把麻雀叫成 majiang，"麻将"大概是传播过程中的误记。在日本，至今都把麻将牌称为麻雀牌。麻将现在已成为中华民族的国粹，连那些老外拍的电影里，只要出现中国人必定要出现打麻将的场景。昏暗的灯光、警觉的眼神、麻木的黄脸、麻将上中国式的符号，这一切完全符合西方对中国的想象，也符合他们所理解的中国的世俗形态。搓麻将确实是一种中国式的热闹而喧哗的集体生活。

所以，我认为把麻将置于天一阁博物馆里，算是适得其所，它可以适时地消解过分严肃的生活；另一方面，我认为它也隐喻着这个城市另一种气脉。

宁波一直是个市民社会，人们秉承一种市民主义文化心态。一般来说，宁波人追求实惠，比较勤劳、节俭，有生意头脑。这种气氛的形成可能同宁波相对偏远有关，因为远离政治中心，民间的力量相对会强大一些。宁波的趣味绝对不可能是北京那样居庙堂之高的趣味，其趣味是更具人性化的那一种。在这种趣味下，民间商业就比较活跃。由于商业本身需要很大的包容性，它是流动的、开放的，它需要交往，需要妥协。在这个过程中，宁波人的性格就变得务实而温和。

宁波有一种著名的特产,叫汤圆。我觉得汤圆可以成为宁波人性格的一个喻体:热情、实在、包容、圆通、开放。就像搓麻将一样,汤圆的气息完全是市民社会的其乐融融的气息。至今,吃汤圆、搓麻将依旧是宁波市民生活中不可缺少的一部分。

市民社会一般来说比较稳定、和谐,不会受到太多政治因素的影响。前不久,去东钱湖,看了很多祠堂。在我的记忆中,乡村祠堂有很大一部分在"文革"时被砸烂了,但在东钱湖的乡村里,祠堂基本保存完好。这表明宁波人身上某种温和的个性。宁波在"文革"期间是一个比较平和的地区,很少有武斗,就像宁波这个地名一样,风平浪静。这一点同绍兴不太一样,绍兴人似乎有更多的血性,当年斗争也异常激烈。从这一点来说,宁波是一个比较理性的地方。这肯定同商业文明有关,商业文明一般来说是比较注重实利的。大规模的破坏肯定不符合商业原则。

每年清明前后,我们这个城市就会出现成群结队前来扫墓的上海人。据说,上海市民中宁波籍人口占三分之一。我想宁波人的这种个性,也一定会融入上海人的性格当中。在天一阁,和朋友谈起宁波籍文化名人余秋雨和刚刚过世的陈逸飞先生。他们的身上有着诸多的宁波人的特质。在为人处世方面,虽然外界对他们有颇多争议,但他们个性圆融,不喜讼争,脚踏实地,尊重秩序,并在秩序之内发挥自己最大的能量。

庄严的天一阁看上去像是这个世俗的商业城市的异数,但照我的理解，它相当于那汤圆里面的馅子，表明这个市民社会、商业城市的一种"仁心"。宁波人有商业头脑，但也非常重视教育。海外的宁波帮投资最多的领域就是教育。宁波人对文明、对传统、对"字"都是很尊敬的。宁波人当老板的可能没受过多高的教育，但这些人当老板后一般来说相当尊敬有学问的人。

2005. 7. 1

逝去的传统

我曾花一整天的时间专门去看慈溪的孙境宗祠。在我的记忆中，乡村祠堂有很大一部分在"文革"时被砸烂了，但孙境宗祠据说未遭人为破坏，基本保存了六百二十多年前的原貌。这似乎表明慈溪人某种温和的个性。我听说，宁波在"文革"期间是一个比较平和的地区，就像宁波这个地名一样，风平浪静。这一点同绍兴不太一样，我少年居于绍兴，绍兴人似乎有着更多的血性。慈溪作为宁波的一部分，当然有着宁波人的传统，比较理性。这可能同商业文明有关，商业文明一般来说是比较注重实利的，大规模的破坏肯定不符合商业原则。

祠堂曾经是一个乡村的中心，它维系着一个村庄、一个姓氏的光荣和秩序，确立的是这个姓氏自己的价值目标和纲常伦理。在祠堂里，你总是能看见这个姓氏中诞生的功成名就人物的隆重匾额。比如在孙境宗祠里陈列着唐、宋、元、明、清五个朝代孙氏四十余名官居要职的先人画像,挂着"状元及第""清廉传世"等匾额,从中可以看出乡村社会的价值标杆。这些人物实际上成了这个村子里乡民的榜样或偶像。这种偶像的确立,会直接影响到这个村庄乡民的人格形成,其价值不可估量。比如,在中国社会中,重教一直是个非常深厚的传统,这种传统同祠堂所宣扬的这种价值肯定是分不开的。事实上,中国乡村社会一直有着比较好的道德信誉,在南方乡村,各家各户往往门户敞开,甚至家里没人也不用大门紧闭。这里,祠堂所提供的道德规约起到十分重要的作用。

从某种意义上说,祠堂是整个封建社会意识形态的基石,是封建社会秩序的秘密所在。维系中国两千多年的封建社会的稳定在某种意义上靠的就是祠堂。为了建立这样一种完美的秩序,神话是需要的。祭祀先祖,并把先祖神化,让乡民仰望,是一种比较方便而实用的方法。有一段日子,我热衷于考察各处的祠堂。在东钱湖的郑氏祠堂,有这样一则记载:郑氏祖宗曾是一个举人,他不去做官,专心教育他的五个儿子,结果,五个儿子都考中了进士,做了大官,所谓"五子登科"。我觉得这故事大概有一个神化的过程。其实,郑家祖宗不做官的情形可能相当复杂,比如可能同个人性情有关,也可能缘于人际纠葛,但当这位先祖出现在祠堂里时,所有复杂的内心及外在因素都被定位成一个简单的价值目标,成为一个神话。在中国,很多事都是非常容易神化的,中国人往往不愿去求证其中的细节,大家需要的是那么一种浩然之气。这样的神话可以说比比皆是。这种神话非常清晰地表明了社会的主流价值。

当然,在 21 世纪的今天,上述的一切已离我们十分遥远了。在今天,整个社会的结构已发生了巨大的变化,乡村社会的秩序已不再靠家族维系,一种比较"现代"的行政体制已深入乡村社会,曾经作为一个乡村中心的祠堂也难逃被边缘化的命运。这种冲击表面上同"文革"的砸烂一切有关,其实,"砸烂"早已开始,可以说这种销毁的过程贯穿于整个中国社会的现代化进程中。在这一进程中,许多原有的生活方式渐渐从我们的生活中消失了,我们不再作揖,改为了握手。当然长衫也不穿了,先是中山装作为礼服,现在大家都穿西服。这一切都是在"移风易俗"的名义下进行的。其实这些变化也是必然,外来文化的进入,民众视野的开阔,工业化的到来,必然会冲击旧有的生活方式。其中就包括和祠堂联系在一起的一系列仪式。比如每年正月初一的祭祖及围绕着祭祖而形成的一整套规矩,也都早已消亡。如今,孙境宗祠已修缮一新,仿制技术让宗祠更像一部电视剧的背景,凡能想到的都罗列其中,但乡人们内心深处大概早已同祠堂失去了联系。如今的祠堂恐怕只能成为一个旅游点或成为村里的老年活动中心了。

现在,即使在乡村,村民们的偶像也不可能是这些祠堂里的先贤了，另一种具有"拜物"色彩的偶像早已占据了众人的视线，就像电视广告一样，你就是想回避都不可能。现在的偶像来自工业流水线，他们外表靓丽，少年成名，风光无限。现代社会的神话是一夜成名或一夜暴富。当然，无疑地，现在的偶像是更加人性化的，伴随着他们的是各种绯闻和隐私。在这个现代神话里，我们再也找不到祠堂先贤为功名而受的肉体之苦，见不到"刺股悬梁""凿壁偷光"这样的艰苦卓绝。现在的偶像仿佛是从岩石中蹦出来似的，没有历史，来无踪去无影，你能见到的只是那光彩照人的幻影。但这个形象无疑是更为快乐的，更为肉感的。因此，有人说，现代性其实就是"现代——性"，重视肉身的欢乐是这个进程一种内在的动力。

在这个现代性的进程中，伴随而来的就是道德危机。由于欲望的合法化——欲望变成了所谓"现代人"的最高指令，整个社会出现赤裸裸的一面。乡村社会也一样，由祠堂维系的道德系统不复存在，但适应于现代性的新道德似乎也没有建立起来。究竟怎样建设，大家众说纷纭，但祠堂所代表的传统无疑是我们可以汲取的资源之一。

2004. 6. 24

家住鼓楼

　　家住鼓楼底下,好处是显而易见的:在城市的中心,生活毕竟方便。就是晚饭后散步,路线也比较丰富,附近有不少精致的小书店和影像店可供流连,边上还有一个月湖公园,所谓的湖光灯色总比满大街的汽车来得让人亲切一些。

　　每次散步时,总要打量一下鼓楼。远远看去,鼓楼在夜色中矗立,像一位见过世面的饱经风霜的老人,显得沉静而从容,底气十足。然而,在那些年轻气盛的现代化高楼大厦包围之中,它终究显得形单影只。

　　鼓楼不高,共三层。不知什么时候,可能是 20 世纪初,上面造了一个西式的钟楼,完全西方城堡的式样。令人惊奇的是,这种中西合璧的模样非常协调,好像鼓楼原来就应该是这个样子的。我觉得鼓楼这种建筑样式实在隐喻着这个商业城市的个性:既尊重传统,又有那么一点"崇洋"。同时,这一建筑也是这个城市现代化进程中很好的象征。有了这个开端后，这个进程似乎变得不可抗拒。

这一带是宁波古城所在地。几年前，公园路改造时，考古工作者对这一带的地下状况做过考察，古城墙的地基就从我家前面穿过。鼓楼附近的小街都有好听的名字：呼童街、尚书街、孝闻街、白衣巷，等等。从这些名字中你就可以嗅到某种幽深的历史气息。

但如今的中山路上满眼是现代化的景观。中山路甚至比香港的或西方的商业街更漂亮。那些有着好听名字的老街早被深藏在高大的现代化建筑的后面，像一个黯然退出历史舞台的隐士。这些年来，这些老街也陆续进行了改造，已变得面目全非。同鼓楼相连的公园路，改造前是一条书香萦绕的小街，有数家小书店毗邻而立，是这个城市的读书人乐意出没的地方。改造后，这里虽然保留着中式建筑的样貌，但一下子商业了许多，原来那种清凉、平和的气氛已荡然无存。我曾经比较激进，觉得这些破屋子还是早点拆了好。现在不这样想了，老街还是有一种让人平静的气息的，这种气息好像联结着一个幽远的世界。

幸好鼓楼附近还是保留着一些老街。孝闻街上有不少小巷，院墙高深，据说是清代或民国初年的建筑。我喜欢有事没事去那里转转。看了太多宽阔的现代化的街道，我还真喜欢在那些狭长的小巷走走。一个人年长一点后，那种中国式的审美趣味会不可避免地生长出来。不管你年轻时有多激进,到头来发现有些事你根本拒绝不了,那是你血液里面的东西。

在鼓楼附近,也是在中山路的人行道上,还有一个不起眼的古建筑:唐塔。它高五米左右,看上去像一个精巧的玩具。它是唐咸通年间建造的,距今有一千一百余年的历史了,也算是年代久远。这塔原本在一户居民家里,是中山路改造时重见天日的。我夫人孩提时居住在这一带,她和那户人家的孩子玩儿得很好,经常去他们家,在这唐塔上爬上爬下。她笑称自己是爬着唐塔长大的。这塔原本是要拆除的,后来文保部门奔走呼号才得以保留。这样,在中山路的人行道上,这个玩具一样的小塔看上去像是一个奇观。

如果说,早先,在鼓楼之上造那么一个西式钟楼代表着一种开放或包容的话,那么现在,当你走在商业街上,突然见到这古塔,你会愣那么片刻的。这一个世纪的变化,在鼓楼和唐塔这两个建筑中,以一种毫不留情的此消彼长的方式显现出来。鼓楼和唐塔就这么寂寞地耸立着,告诉着人们这个商业城市的来处。它们的孤立无援正好隐喻着我们的传统在这个时代的处境。

2005.4.1

慢生活

米兰·昆德拉在小说《慢》里，讲述了一个18世纪缓慢的艳情故事。小说从20世纪一对现代夫妻驾车去古堡过夜开始，引出一段关于速度的臆想。这个时代大家都得了速度病，以为速度愈快愈好，可是有些事情并不是快就好，是需要慢慢体味的，可现代人不知道个中乐趣。

在我的感觉里，杭州的上城，有点像米兰·昆德拉笔下18世纪的古堡，当然上城的历史比那古堡更悠远，它曾是南宋的都城所在，曾一度是世界最繁华之地。在上城，绝对不能坐高速汽车游览这遍地美景，你得找准上城的脉，让自己慢下来，好好地和上城"谈个恋爱"。在这个悠闲的古都，你得从容、优雅、闲庭信步。因此，坐一条游船游东河是必须的。

正是梅雨季节，天空飘着雨丝，游船行进在夜色迷蒙中。东河的两岸遍地都是古老的建筑，在树木的掩映下显得神秘而空灵,好像这些建筑里面隐藏着一个又一个缓慢的艳情故事,仿佛那古老的小巷里会走出戏里的小生或旦角,一举手一投足都有着西湖的风情。我想我们的身体里,天生有着对中国古老传统和哲学的亲和力,关于天地的看法,关于人和世界的想象,这些古老的命题都隐藏在这些建筑里,同时流淌在我们的血液里。

关于杭州的意象已深入人心,它是惊艳的、糜烂的、风雅的,同时也是缓慢的,就好像千年的时光从未改变这里的一切,那个由诗歌和传说堆积而成的杭州意象是一个庞然大物,它会左右我们的想象,甚至某些行为方式。在游船上,女孩们弹着琵琶,唱着越调。虽然只是一种刻意的安排,已难复原当年的盛景,但在杭州,在上城,人人会得风雅病,听着这调子,仿佛做了一回古人。这游船已不仅仅是一种日常生活,而是某种坚不可摧的传统,它带着上城的历史记忆。

东河之上,有十四座桥,听听这些桥名:斗富一桥、斗富二桥、万安桥、菜市桥、太平桥……这些桥名构筑起诗歌之外杭州的日常的一面,生活气息扑面而来。这是诗歌的根基所在,人只有在富足安定后,才会萌生诗歌,从而让生活笼罩在诗歌的光芒下。

从游船上下来,我决定继续我的慢生活,准备去太极茶道馆品个茶。雨还在下着,我打雨伞,独自行走在河坊街上。行人稀少。街的中间,还是有一些艺人在做着生意。我看到有人在雨伞下作画,有人在亭子里镂刻印章。他们展览在亭子边的作品,品相端庄。我看到街中间岳飞的雕像矗立在雨夜中，显得十分孤独，但他依旧是这条街的守护神，是古老传统的守护神，当然也是中国人精神世界中的一个守护神。

2012. 7. 30

杨梅熟了

气候真是变了。比如小时候,宁波的冬天是真的冬天,雪下得厚,屋檐下的冰柱子有孩子的手臂那么大;但现在的冬天少见雪的影子,连西北风都没有什么劲道。又比如眼前的梅雨季节,整日艳阳高照,哪里还有阴雨绵绵的江南味道。江南的环境早已不古典了,如今连气候都不再古典。

梅雨没来,但杨梅还是熟了。

或许是缺少雨水,今年的杨梅很小,味儿还是比外地的杨梅好。当然这样说也可以认为是宁波人的敝帚自珍。宁波人敝帚自珍的地方还很多,当然大多也是同味觉有关。比如,宁波人认为象山港的海鲜是最为美味的。市场上也有外地的海鲜,价格可能还便宜,但很少有人感兴趣。吃青蛙当然是不好的习惯,但宁波人就是吃青蛙也要吃本地的,味儿比较醇正。

杨梅的味儿是甜中带点酸味,口感不腻,很多人见了杨梅都会吃个不停,直到肚子发胀。杨梅的好处是不管吃多少都不会伤到肚子。别的水果就不一样了,比如"日啖荔枝三百颗",极有可能使身体不适,鼻子流血,但每天吃三百颗杨梅不会有任何问题。

味觉往往联系着一个地域,所以,味觉会成为怀乡的内容。关于杨梅的文章,我在网上搜索了一下,大致同童年、故乡这样的主题相关。这是比较奇怪的,杨梅作为水果其实不仅仅同童年、故乡有关,可能也同爱情有关,恋人们在一起肯定也会吃杨梅的。但奇怪的是,那些作者一写杨梅就是一个怀乡的主题。

这其实是有道理的,因为爱情这东西基本上同味觉没有关系,同视觉关系比较大。原因大约是味觉比较形而下吧。所以杨梅入不了"爱情"法眼,当然也入不了爱情诗篇。"红豆生南国,春来发几枝。愿君多采撷,此物最相思。"着眼点肯定不在"豆"上,而在"红"上,是一种视觉效果。爱情是重视觉的,所以,情欲被叫成"色欲"。由此我想,爱情这种东西,大约中看不中用,比较排斥柴米油盐,所以排斥味觉。爱情也确实是抽象的,同样一个对象,在恋爱中,是千好百好,一旦这种情感过去,变得一无是处也说不定。

怀乡肯定比爱情实际也比爱情可靠,至少有一个故乡在远方。所以,怀乡显得更为实在、更物质,内容可能是汤圆,可能是千层饼,反正吃到肚子里才算数。说到千层饼,想起清明节的时候台湾的蒋孝严先生来溪口认祖归宗的新闻。蒋孝严先生带来了一大批台湾媒体人。媒体除了关心政治,当然也要了解一下溪口的风土人情。他们于是把电视镜头瞄准了溪口满街飘香的千层饼。中天电视台的新闻是这么叙述的:当年,蒋介石远走他乡,他的行囊里带着母亲的千层饼。当然是否确有其事并不重要,重要的是那个新闻记者在潜意识里知道怀乡多少同味觉有关。

除味觉外,怀乡同听觉的关系也是比较密切的。我供职的杂志社办公地点是贺秘监祠,原是贺知章的祠堂。少小离家的贺老先生回到家乡,感叹"乡音无改鬓毛衰",说的就是怀乡和听觉的关系。确实,人身上有两样东西很难改变,一个是味觉,一个是口音。怀乡的游子一路上都在思念家乡的食品,如果碰巧听到乡音,那就会两眼泪汪汪。

所以,乡音或者说方言其实不仅仅是一种交流工具,里面有着更为深厚的人性内容。宁波电视台在黄金时间搞一档宁波方言节目,据说收视率很高。我前几天碰到电视台的朋友,表示赞赏。我说,你们办得好,这档节目是可以提高市民的自尊心和身为宁波人的自豪感的。

2005.6.30

露天电影

我带女儿去中山广场滑旱冰。广场上正在放映露天电影。这露天电影,是久违了。我有点欣喜。几十年之前,露天电影是常见的。那时候,有露天电影的日子是孩子们的节日。人群聚集的广场从来都是孩子们的天堂。如今,所谓科学昌盛,电影进入家庭,露天电影几乎成为怀旧的事物。

女儿自个儿去疯了,我则坐下来看电影。电影的内容是抗日。想起今年是反法西斯战争胜利六十周年,这电影大概是有关部门刻意安排的吧?我看到银幕上鬼子们讲着滑稽的中国话。他们啃着鸡腿,杀人放火,见到花姑娘,当然还要强暴。这些我都猜出来了。在我们的电影里,鬼子们总是漫画化的。鬼子们当年确实这样干过,但我们在表现侵略者的残暴方面,似乎只有这几招。这几乎成了我们电影的一种符号。

这段日子,像《三联生活周刊》、《南方人物周刊》、凤凰卫视等媒体都在挖掘一些被我们遗忘的历史细节,试图让世人记起中国在这场战争中做出的巨大牺牲。但是,这世界是不公平的,在整个世界范围内,发生在中国的这场战争似乎被遗忘了。在西方人眼里,二战似乎主要指的是欧洲战争。现在,几乎人人都知道二战中六百万犹太人被屠杀,都知道奥斯威辛集中营的惨绝人寰,可又有谁对中国人为这场战争伤亡了三千五百万人有明确的概念?

当然,这同现在世界的文化秩序有关。这世界的文化、政治秩序都是由西方建立起来的。他们掌握着话语权和对世界的阐述权。就像马哈福兹所说的:"世界指的是西方文明。"在这个秩序里,中国的声音是微弱的。

这方面我们应该向犹太人学习。现在的二战电影,除了正面的战争片,几乎每部电影都同犹太人的受难有关。现在,犹太人的集中营几乎成了全人类关于劫难的一个意象。《辛德勒的名单》是关于受难的故事;《美丽人生》表达了苦难中人性的温暖;《忧郁的星期天》则在战争背景下展示了一段美好的三角恋,其指向也是对纳粹的控诉……这些电影不但让我们记住了犹太人苦难的历史,更正面地展示了这个民族的艺术天分和情感方式。

电影是让人们了解历史的好方法。由于电影画面的直接性,它几乎没有语言的障碍,一部感人的电影可以迅速在世上传播。不像文学类作品,要获得世界影响,在目前的话语秩序中几乎不可能。

但在我们的文艺作品中，特别是电影里，抗战题材还没有好好表现，其想象力远远还没有打开。比如现在我看的这部露天电影，除了给我一刹那怀旧的幻觉，老实说没有什么感染力，要不是陪女儿，我是没有耐心看这样的宣传品的。我真是奇怪，到了今天，抗战电影很少有在表达生命的高贵和人性的深度上下功夫的。这样的电影要有国际影响力当然也是困难的。

在宁波的开门街口，矗立着一块石碑，上面记录着当年日本鬼子在宁波施放鼠疫的情形。鼠疫的世界，是一个可怖的世界，是受难的世界，也是生命倍感无力的世界。可现在，这样的场景只剩下几个冰冷的数据，那些鲜活的历史细节都被湮灭了。在表现国人的苦难上，我们的艺术做得远远不够。这对那些死难者来说，也是不公平的吧？

2005.5.10

迷恋于视觉的不可穷尽

　　画是乱画,字也是乱写。反正现在作家乱画乱写,都有一个好听的名字,叫文人字画。只要冠上"文人"两字,似乎一切成立了。这很好,说实在的,作为一个写小说的人,我觉得画画是很好的休息,迅速、简单,不用动脑子,全凭感觉,碰巧画得还可喜的,也有成就感。

　　说到乱写乱画,是指技术上存在困难。但是艺术的奇妙之处在于,有时候往往是困难造就其个人风格。我一向反对小说家过分的风格化,风格化会使小说家醒目,也有潜在的危险,可能会让小说家难以为继,或丧失其驳杂的可能性。但绘画这种艺术我觉得辨识度越高越好,比如梵高,比如毕加索,比如齐白石,他们的作品一眼就能在千万幅画中被识别出来。当然,这三位大师的个人风格应不是技术的局限所致,而是个人灵魂铸就的。但是对像我这样乱画的人来说,技术上的局限有可能使某些天生的个人特质得以强化。

我当然对专业画家们非常尊敬,但也不是没有意见,现在的水墨,感觉千人一面,匠气很重。我觉得对水墨来说,技术很重要,但可能不是最重要的东西,更重要的是画者的文化修养,这个观点好多人在说,其实也是常识。有些人的画确实"字正腔圆",可画得字正腔圆的人多了去了。重要的还是格调,在个人取舍中渗透出来的文化情怀,有时候或许仅仅是一点点趣味,但趣味这东西实在太重要了,它背后同一个人的见识、品行、修为、气质密切相关。所以就水墨画来说,画得像不像不重要,中国画从来也不重形,画出高格才重要。

我画小画首先是好玩儿,凭性情画就行,说涂鸦也不为过。水墨画是允许涂鸦的,它的神秘性在于不可预测性。这很好玩儿,一支笔,一张纸,不同的墨色,在某个偶然的时间点,随手画几笔可能涉笔成趣,有时候,你来真的,却往往面目可憎。我着迷于画小画的另一个原因是视觉艺术变化多端,同样的一个对象,角度不同,画出来的感觉完全不同,并且我觉得每个对象的构图几乎是无可穷尽的。我迷恋于视觉的不可穷尽。

画画这件事我极不专业,也不太认真,不过我还是收获了一些心得。中国字画当然博大精深,风格多端,流派纷呈,但如果更简单、更直接地说,无非在处理线条和节奏的关系。艺术都是相通的,我们写小说的何尝不是在处理线条和节奏。小说情节的进展我们可以称为线条,情节的快慢我们可以称为节奏。就是西洋画我觉得也在处理线条和节奏问题,当然,西洋画的线条我们可以称为色块,它处理的是色块之间的节奏变化。

无论是线条还是节奏都是需要控制的,犹如小说写作有自己的纪律,水墨画当然也需要控制,否则真的会沦为涂鸦的。我觉得水墨画的要义在于不经意地控制。我们杭州有个大书法家王冬龄先生,现在搞"乱书",我觉得他就是在处理线条和节奏的关系,貌似没有控制,其实有其内在的逻辑,所谓的"乱书"已很难辨读,却有很强的视觉冲击力。

虽然喜欢画点小画,但作为一个小说家,我忍不住要夸夸作家这个行当。如果一部小说(哪怕是短篇)和一张画比,个人认为小说所付出的精神劳动更为复杂,也更为精细。有时候和画家一起玩儿,我会想,作家真的是这个时代的苦行僧,画家们多轻松啊,他们可以重复画同一个题材,这在他们行当完全是"合法"的,而作家永远需要创造新东西。重复是作家的天敌,甚至一个比喻一生只能用一次。

2016.6.1

辑三

爱是不平等的

在蒲松龄的原著中,《画皮》最核心的意象是"心",女鬼挖走了王生的心,王生的妻子用爱补了王生的"心",王生死而复生。因此,这是关于"心"的故事。

由金仁顺编剧、陈晓烽导演的同名话剧里,"心"依旧是一个重要的道具。但显然,话剧所阐释的心比原著更为复杂和幽微。红色的心,跳动的心,它既是生命的象征,又是精神之物。如果说这出话剧有一根红线,它就是"心",一切都围绕人心展开,我们看到人心的微妙、多情、善变,于是这"心"从物质层面上升到精神领域,涉及人类生活的重要命题、爱以及爱的不平等。

观剧的体验相当美妙。舞台精美、简洁,人物颜值高,充满青春气息,故事也讲得相当接地气。编导运用拼贴、间离等后现代元素,台词中加入了当下的很多梗——一些社会生活事件中衍生的网语、小资们喜爱的鸡汤语录、我们耳熟能详的诗歌和歌词,制造出生动的喜剧效果,使得这个发生在遥远古代的故事迅速和现代人产生互动。编导创造性地把道具拟人化,其中门、桃花、柳树都用人物来表演,让道具开口说话,在故事的进程中不断地插科打诨——我猜想这可能受二人转的启发。东北元素的加入,让本剧笑料不断,剧场一直保持在轻松欢快的氛围之中,演出的效果相当好。

但这不是一出喜剧,它的主题相当严肃。在某些局部,它显出一种直击人心的悲剧感。

天上掉下一个如画,掉到书生王生的书房门前。如画貌美如花,她的皮肤"不光是白,那个细腻啊,比豆腐比丝绸比珍珠……",于是乎,王生犯了天底下男人都会犯的错误。其实不能用"错误"去说了,是爱欲。总之,王生收留了这个来路不明的姑娘,并且相濡以沫,诗书相伴,成了神仙眷侣。

"我在书房里头悬梁锥刺股,如画帮我研研墨铺铺纸。"王生说。

在这出剧里,如画是因爱而成了妖。她曾经热烈爱过一个男人,但男人骗走了她的心。心没了,她成了孤魂野鬼,成了妖。于是,她需要一颗心让自己变成一个人,一个正常的人。是的,她是来取王生的心的。

在我们的文化中,"妖"这个字对女性来说就是性感,就是迷魂汤。人一旦变成"妖",没有一个男人可以抵挡得住。王生就这

154

样陷入了如画的柔指绕。在温柔乡中，王生是全身心投入。也就是说，这一刻，王生的心是滚烫的；从爱的意义上说，王生的心已在如画的手中。

问题是如画心软了。她忘记了自己的初衷，她也爱上了这个书生，她愿意以妖的身份爱这个男人。她打算放过他，不再挖他的心，两情相悦，享受这人间的温存。

但人间有自己的规则。道士可以认为是人间的立法者。在立法者眼里，规则比爱更重要。爱是如此的混乱与不可靠，暧昧不明又欲说还休，昏天黑地犹若坠入洞穴。爱是力比多，爱是无理性，是溺水者的一根救命稻草，作为人世间的立法者，有义务救人于水火。道士点醒了王生。

人鬼殊道。在这里，王生醒来后开始扮演那个理性的人，扮演了那个曾经偷走如画心的偷盗者。如画再次被推入万劫不复的境地。这第二次被盗心——虽然她此时已没有心——令她悲愤，她知道王生走上了理性的光明大道，但他对她依旧有爱的余烬，她相信曾经的恩情不会这么快熄灭。她终于起了贪心，决定取走王生的心，即便这已不再完整。

在取走王生的心时，编导安排了如画一段长长的悲情台词，讲述如画的心路历程。

王生死了。站在结发妻子大娘的立场上，王生是个负心汉。用现在的网语说，王生就是一个渣男。但即便像大娘这样一个已充分融入日常生活的女子,她的爱同样是深刻的、无私的,她的心一直在王生身上。在本剧一开场,就向观众说明了一切。王生的一点点不适,痛都在大娘的心里,王生是大娘生命中的一切。

这是一个奇妙的循环。大娘把心献给了王生,那么,在王生和如画偷欢的时刻,大娘何尝不是如画,她是无心的,是另一个在人间的孤魂野鬼。只是舞台上我们没有看到大娘的痛苦。大娘的痛苦也许隐藏在如画的痛苦里。

现在王生死了,需要大娘隆重出场了。大娘不知道如何救夫君,她只能求助于神仙——那个打扮得像叫花子的神仙。

这里必须提及蒲松龄原著中最为有力的一笔,大娘为了救王生,就要吃叫花子的痰。同心脏一样,这里痰这个恶心之物也是一个重要的象征。它既象征着完全的牺牲,同时也象征着被完全的唾弃。大娘在救王生,但她已把自己放低在尘埃的位置,只是她的那颗心对王生而言是完整的。这颗心足以救王生,但王生活过来后或许还会碰到另一个如画。

从中我们可以看到话剧《画皮》的真心、野心,它试图诠释男女欢爱的真相。爱和"心"相关,爱就是把一颗心捧出去,爱就是完全的一心一意。当爱离去,留下的只有肉身,心或死或被掏空。

但我必须说,在现在的格局中,这个野心并没有完全达成。扮演大娘的演员相当棒,可以说在这出戏中是最出色的演员,但编导没有给演员足够的发挥空间,我们只看到她充满尘世气息的表演,没有看到更多精神上的力量,编导需要给她最后的牺牲确立一个逻辑,她何以愿意为王生掏心掏肺?单凭日常生活的力量就可以说服观众吗?如画的问题或许刚好相反,这个形象有更多的人间味应该会更好。她捧着心诉说心路历程并不是建立在戏剧性之上。

然而瑕不掩瑜,《画皮》是一出令人深思的话剧。人类的情感生活历来变动不居、神秘莫测,说到男女之爱,从来就是不平等的。人间充满了偷心者。

观话剧《画皮》后所感

2019. 5. 10

和虚构的人物为伴

死于:1850 年 8 月 18 日(终年 51 岁)

死因:心脏病,后期因动脉炎引起水肿和坏疽病情恶化

地点:巴黎幸运路(今巴尔扎克路)14 号

葬于:巴黎拉雪兹神父公墓

1850 年,巴尔扎克已病入膏肓。在最后的日子里,他已分不清现实和幻觉。幻觉中经常出现的是他小说中的人物。他们出现在他的病床前:在他的左边,可能是拉弟斯耶克,一个出身卑微的野心家,最后荣华富贵;右边的这位寡妇是个外省人,她是来巴黎找律师商量一件案子的;在那张写字台前,坐着一个穿撑裙的多情女子,头发中分,在那里给她的负心情人写一封热情的信;那边还坐着一个性情暴躁的老头儿,穿一件绿礼服,围一条硬领巾,正在怒斥他挥霍无度的儿子。

他是 1850 年回法国的。这之前,他去了俄国,同罕丝卡伯爵夫人结了婚,他变得富有,但行将就木。同一位贵族女子结婚是他一生众多梦想中的一个。他和这个女人相恋了十八年,为她写了二千四百封情书。可以说罕丝卡伯爵夫人曾经是他灵感的源泉,他的大部分著作都是因为她的爱情的激发才创作而成的。罕丝卡伯爵夫人在丈夫去世、女儿出嫁之后,终于同意与巴尔扎克结婚。巴尔扎克曾兴奋地说:"您知道我既不曾有过幸福的青年时期,也不曾有过繁花盛开的春天,但是我将会有最灿烂的夏季,最温暖的秋天。"

回国后,他一直住在幸运街 14 号。那是一座简陋破旧的房子。这房子原是德·博永先生的公馆,巴尔扎克买下了残留部分。这座低矮住宅的主要部分出于偶然才避免拆毁。他把这些破房子用家具布置得富丽堂皇,使之变成一幢迷人的小小公馆,大门面对福蒂内林荫大道,一个狭长的院子当作小花园,小径交叉地切割开花坛。他的楼梯上有扇门,能看到街角那座小教堂的圣楼。"钥匙一转,我就能做弥撒,我更看重圣楼而不是花园。"他曾对来访的雨果这样说。巴尔扎克在政治上是保皇党,他对现有秩序是非常认同的,他尊重并且认同贵族制度。他十分羡慕雨果法国贵族院议员头衔,认为那是"仅次于法国国王头衔的最美的头衔"。他不能认同雨果的政治观点,他责问:"您怎么能这样平静地放弃这个头衔呢?"

但回国不久,巴尔扎克就重病缠身。为他诊断的四五个医生都认为,巴尔扎克先生活不长了。他因为写作,长年饮用过量的咖啡,已咖啡因中毒,血管硬化。另外,他在一年半前得了心脏肥大症,身体迅速发胖。不久前,他不小心撞上一件有人像装饰的家具,皮肤被划破了,伤口迅速化脓,生了坏疽。没有人能治得了他,医生们已经不来了。是呀,谁又能救他呢?他能想起的只有他小说中的人物:"比安松,快叫比安松……只有他能救我。"

巴尔扎克没想到的是,他小说中的"私人生活场景"在他的身上真实地演出了。在巴尔扎克病重的日子里,他的新婚妻子背叛了他。风韵犹存的罕丝卡伯爵夫人,现在的巴尔扎克夫人,经常在隔壁的房间里,与她的情人——雕刻家让·吉古——同床共枕。巴尔扎克当然洞悉了这一切。在病危时唯一陪伴在身边的好友纳卡尔医生怜悯地问:"您不想见谁吗?"他一口回绝:"谁也不想见!"此刻,他似乎只需要虚构的人物来陪伴他。他神秘地说:"那个世界在向我招手,我已踏上旅程,再见了……"

8月18日白天,雨果去看望巴尔扎克。一张床放在这个房间的中央。这是一张桃花心木床,床脚和床头有横挡和皮带,表明这是一件用来使病人活动的悬挂器械。巴尔扎克躺在这张床上,他的头枕在一堆枕头上,为了让他更舒服一点,人们还从房间的长靠背椅上拿来的锦缎靠垫给他垫上。他的脸呈紫色,近乎变黑,向右边歪拉,没有刮胡子,灰白的头发理得很短,眼睛睁开,目

160

光呆滞。从侧面看，他这样酷似皇帝。雨果掀开他的毯子，有一股难以忍受的气味从床上冒上来。他握住巴尔扎克的手，发现他的手布满了汗水。雨果捏紧这只手，但巴尔扎克对挤压没有任何回应。

在雨果离开后不久，巴尔扎克与世长辞。

巴尔扎克的死亡，让整个法兰西陷入悲痛之中。他是帝王，但靠的不是强有力的武力统治，他是一个精神统治者。8月20日，老天似乎也很悲伤，天气阴晦，细雨霏霏，送葬的行列穿过整个巴黎。巴尔扎克将被安葬在拉雪兹神父公墓。灵柩的右边是雨果，左边是大仲马。在巴尔扎克的葬礼上，雨果宣读了由他撰写的悼词："他的所有作品仅仅形成了一部书，一部有生命的、光亮的、深刻的书，我们在这里看见我们的整个现代文明的走向，带着我们说不清楚的、同现实打成一片的惊慌与恐怖……一部既是观察又是想象的书，这里有大量的真实、亲切、家常、琐碎、粗鄙。但是有时通过突然撕破表面、充分揭示形形色色的现实，让人马上看到最阴沉和最悲壮的理想。"最后，雨果庄严地宣称："他的一生是短促的，然而也是饱满的，作品比岁月还多……这不是黑夜，而是光明！这不是结束，而是开始！这不是虚无，而是永恒！"

他一生创造了三千多个人物，巴尔扎克小说中的人物往往有长长的一生，因此，死亡是不可避免的。有意思的是，他把他小说中的人物大都"安葬"在巴黎的拉雪兹神父公园。如今，他和他虚构

161

的人物生活在一起吗？那肯定也是个生动的世界，在这个被称为《人间喜剧》的世界里，充满了野心家、好色之徒、吝啬鬼，还有各种各样贪婪的资产阶级。从某种意义上说，他的人物比芸芸众生更真实、更不朽。这世界就是这么残酷而虚无，对平民百姓来说，生命归于尘土后，一切烟消云散，不着痕迹，但巴尔扎克虚构的人物至今活在成千上万的人心中。

2004.2.10

身心之毒

死于:1893 年 7 月 6 日(终年 43 岁)

死因:神经性梅毒

地点:帕西贝尔东街 17 号(今安卡拉街)

葬于:巴黎蒙帕那斯公墓

莫泊桑显然并不隐瞒他身患梅毒这件事。在一般人那里,这可是难言之隐,但在他那里,这却是一种荣耀。他宣称:

> 我得了梅毒,而且是货真价实的梅毒,不是无关紧要的小便热,也不是尖锐湿疣。不,不,都不是,而是梅毒,就是导致弗朗索瓦一世死亡的梅毒。我因此而感到自豪,因此而可以傲视一切,尤其是蔑视资产阶级分子。哈利路亚,我患了梅毒,因此,我不再害怕染上这种毛病!

莫泊桑得梅毒那一年是 1877 年,他还只有二十七岁,但他已有了厚厚的一本风流史。在给友人的一封信中，他这样写道："我的朋友，床铺就是我们的一生！我们生于斯，爱于斯，死于斯……""理智地看，既然有那么多妩媚动人的女人，我们总不能至死只忠于一个女人。""让我们轮流地去追求。"

从这些表白中，我甚至觉得追逐女人像是他一生的事业，而小说写作倒是其次的。莫泊桑临死前几年还养着多个女人，这些女人像"吸血鬼一样"纠缠着他！也许耽于美色不是导致他死亡的原因，但莫泊桑的私生活的确极端糜烂。

莫泊桑家族可能存在精神病基因。他的弟弟埃尔韦也是得精神病而死的，当然，他死于莫泊桑之后。现在看来，莫泊桑最终精神失常也不是件奇怪的事。这个有着斯大林一样胡子的作家脾气可不好。他三十岁那年开始吸食毒品乙醚，至死未断。梅毒加上毒品令莫泊桑的精神经常失控。他变得喜怒无常、性格暴躁、狂妄自大。1892年，他割喉自杀未遂，被强行送进精神病院。

莫泊桑临死的那段日子，充满了幻觉。他的思维混乱、神思恍惚、谵妄不止。他经常认为自己是个富翁，因为害怕病毒，他用矿泉水洗澡，实际上，他因长年吸毒和梅毒这种疾病，需要大量金钱，他基本上算是个穷光蛋。他生活在自己的幻觉里。他提出修建现代设备齐全的陵墓，让人哭笑不得。当然，这幻觉并不全是"美妙"的，比如他经常觉得自己脑子里有盐，还认为自己身体周围麇集无数昆虫。

他的症状像是典型的妄想症。当然,他的说话方式还是保持着他一贯的作风。

2月3日,他说:"我要把可怕的梅毒传染给上帝,置他于死地。"

3月29日,他声称:"不要把尿撒掉,小便里有首饰。我要戴上这些首饰去拜访全世界的女人。"

他曾试图用一个桌球砸死另一个病人。

从1893年开始,莫泊桑几乎独自一人,面壁自言自语,痉挛反复发作,就这样度过了他的余生。

1893年5月,他又一次癫痫病发作,昏迷不醒。两个月后,即7月6日,他死于医院。临终前,曾有几个小时的清醒,他轻声说:"黑暗! 噢,黑暗!"

生前,莫泊桑曾要求死后不用棺材,就土埋葬,但他的家人没有满足他这一愿望,他的遗体被安放在分别用松木、锌和橡木制成的三层棺材里,并按教规举行了葬礼。有意思的是,他的母亲没有出席。他的母亲即使在他生病期间也没来看望。她觉得参加一场葬礼太累了,派她的女仆代表她参加了葬礼。莫泊桑家族在人情方面似乎比较冷漠。

莫泊桑在写作的十五年间,发表了近二十部作品。他的同时代作家左拉在悼词中不无遗憾地说:"如果他活着,毫无疑问,他还可以把这个数字扩大三倍,他一个人的作品就可以摆满一个书架。"

确实令人惋惜,莫泊桑在人生的韶华岁月去世,只活了短短的四十三年。

2004. 2. 1

黑暗中紧紧偎依

死于:1910 年 11 月 7 日(终年 82 岁)

死因:肺炎

地点:俄罗斯联邦梁赞州阿斯塔堡

葬于:俄罗斯联邦雅斯纳亚·波利亚纳

托尔斯泰死后,葬于雅斯纳亚·波利亚纳庄园。庄园距莫斯科二百公里,是一片草木茂盛的丘陵地带。沃朗卡河环绕庄园,庄园后面就是一片一片的树林。

托尔斯泰的童年是在这庄园里度过的。在五岁的时候,他和哥哥尼古拉曾做过一个游戏:他俩躲在桌子下,然后用窗帘遮住。他俩在黑暗中紧紧地偎依在一起。托尔斯泰十分喜欢这个游戏。每次做这个游戏,他都会莫名感动,心里充满了一种特殊的爱。

"黑暗中紧紧地偎依"可以说是托尔斯泰思想的核心。

根据托尔斯泰的遗愿,他被安葬于扎卡斯峡谷旁、大树之下——他童年游戏的地方。他的墓非常简朴,没有墓碑,当然也没有墓志铭,只不过是一堆泥土。托尔斯泰晚年,痛恨自己的财产,他认为世上有那么多人生活在困苦中,自己拥有财产是一种罪过。另外,他认为他的作品属于"人民",而他却在利用作品收取版税,这与他的原则相违背。他起草了一则声明,决定放弃现在及将来所有作品的版权。当然这会遭到夫人索菲亚的反对。晚年托尔斯泰一直希望自己像农民一样简朴地生活,离家出走然后隐居的想法已在他的心里萦绕几年。

1910 年 10 月 28 日,托尔斯泰秘密出走。这一年,他已是八十二岁高龄的老人。他的身体状况已经很差了,经常高烧并且呼吸不畅。这一天,他在凌晨 3 点钟的时候醒来了。醒来后,心情异常恶劣,他终于决定离开家庭。5 点钟,他带着私人医生,坐着马车消失在黑暗之中。他决定去沙马尔京诺修道院住一段日子。对托尔斯泰来说,这次出走具有象征意义:他终于舍弃了世俗的生活,他像是走在奔向天国的路上。是的,十天以后,托尔斯泰死于这次出走的途中,进入天国。

自 1881 年始,托尔斯泰经历了一场深刻的精神危机。这种危机源于世俗生活和精神生活不可调和的矛盾。在莫斯科的希特罗夫市场的夜店,他看到成千上万的人在挨饿、挨冻、受辱,这一切让他感到痛苦。他觉得他再也不能坦然面对自己或别人的奢华的客厅、美肴、轻便马车、剧院、俱乐部了。他无法找到借口为自己的生活开脱,他觉得自己的生活十分可耻。到1884年,托尔斯泰越来越反感莫斯科的社交生活,独自"逃"回乡下,过起自食其力的俭朴生活。他辞退了雅斯纳亚·波利亚纳的仆人和厨师,自己劈柴,并向皮匠学习缝制靴子……他已不能忍受别人为他服务的生活。他尝试着为别人服务,然而要为别人服务前首先要做的就是能够把自己服务好。同时他开始考虑把自己的财产和农田送给农民。

托尔斯泰对现实的观察和反思让他走上了一条社会改造和精神探险之路。他已经是一个可能是这个世上最为伟大的作家,但他认为"写小说既愚蠢又令人羞愧",他有更重要的事情要做。托尔斯泰有一种拯救全人类的使命感。既然这人世间充满了悲剧,人是如此堕落,到处都是黑暗,那他就有责任给这世界找到一条正确之道。他花了大量时间思考,并把思考写成文章。这些文章的中心思想就是"将这人世间变成神圣的基督王国"。当然,他从不相信任何教义,而是真诚地按照生命的意义去思考和说话。这些思考后来被概括为托尔斯泰主义。

托尔斯泰主义的要点是:一、把社会改造成没有土地私有制的天堂。因此,托尔斯泰是比较同情马克思主义者的,其间的不同在于托尔斯泰不主张暴力,而是用"爱"去达成这个目标。二、关于"爱"的观念,当然来自《圣经》,但托尔斯泰的"上帝"不是用来祈祷的,他认为向上帝祈拜是"最严重的渎神行为"。这种

"爱"更加人间,来自内心深处。他因此认为每个人都可以是上帝,像上帝那样爱他人,这样人和人之间就可以"在黑暗中紧紧偎依"。三、他主张禁欲,认为性是万恶之源。

关于性,在托尔斯泰身上呈现出奇怪的爱好和道德上的苛求。在青年时期,托尔斯泰性欲旺盛,生活放纵。他经常光顾妓院。除了妓女,他还追逐高加索姑娘、吉卜赛女郎、当地少女以及可以得到的俄罗斯乡村女人。他因此得了严重的性病,被逼接受治疗。"性病是治好了,但水银的副作用让我遭受到说不出的痛苦。"奇怪的是,一方面托尔斯泰被色欲搅得片刻不得安宁,像一个色情狂一样地猎艳;另一方面,他时刻对自己的行为进行道德审判,认为自己十分可耻。

托尔斯泰的思想迅速传播,他的身边出现了大批追随者。他看上去像是一个先知,带着他的门徒到处传道。到了1880年代中期,雅斯纳亚·波利亚纳已经变成了一个圣地。各种各样的人从四面八方赶来,寻求托尔斯泰的指导、帮助、恢复信心。这时的托尔斯泰几乎扮演着家长和救世主的角色。托尔斯泰随口说出的话被当作圣经被追随者记录下来。托尔斯泰对这个时期非常看重。他最爱听的话是:"他现在所干的事是比他全部二十三卷著作重要得多的伟业。"

托尔斯泰的思考及对财产的态度令贵族阶层恐慌。他的行为和思想使贵族阶层的一切变得不那么理所应当,这可能动摇这个帝国的社会及经济基础。有人开始攻击托尔斯泰是一个颠覆现政权的危险分子。沙皇甚至接到了要惩办托尔斯泰的御状。聪明的沙皇下令不许动托尔斯泰,他说:"我无意使他成为一个殉道者而给我招来普遍的愤根。"

但托尔斯泰对上帝的看法触犯了东正教会,东正教会因为托尔斯泰的"异端邪说"而把他开除了教籍。

由于托尔斯泰的转变,托尔斯泰和索菲亚的矛盾越来越尖锐,托尔斯泰因此疏远夫人。由于托尔斯泰对性生活的厌恶,他决定同索菲亚分居,这给索菲亚莫大的不安全感。他们之间经常争吵,有时候仅仅因为一些琐碎的小事就闹得鸡犬不宁。当然,更重要的是托尔斯泰看上去已经对世俗生活不感兴趣,像一个高高在上的圣徒,并且具有某些古怪的原则。托尔斯泰的举动越来越不为索菲亚及家人理解。家庭时刻处在戏剧性的夸张的争吵之中。索菲亚为此曾几次试图自杀,一次还打算卧轨而死。到后来,索菲亚几乎精神崩溃。

托尔斯泰和索菲亚的矛盾一开始就种下了。托尔斯泰在三十八岁那年娶了十八岁美貌绝伦且纯洁的索菲亚。在单纯的索菲亚面前,托尔斯泰觉得自己十分污秽。为了表明自己对索菲亚的爱及痛改前非的决心,托尔斯泰把所有的日记交给了索菲亚。当读到托尔斯泰年轻时的荒唐勾当时,单纯的索菲亚简直不敢相信。她大哭一场。托尔斯泰的高大形象几乎在那一刻毁掉了。

当然日子还要过下去。

从世俗意义上来说,索菲亚有很多美德。托尔斯泰对自己的财产失去兴趣后,经营家产的重担都落在了索菲亚的身上。她替托尔斯泰生了五个孩子,把托尔斯泰的生活管理得井井有条。事实上,托尔斯泰晚年虽然越来越不能忍受索菲亚,只要见到她,他就心烦,但他也不得不承认,索菲亚是一位好妻子。"尽管我的过去是肮脏和不道德的,你却和我一起生活了近五十年,你爱我,为我生育、抚养、教育孩子,照顾我,没有屈服于任何一个像你这样充满活力、健康美丽的女人很容易被征服的那些诱惑,纯正地生活过来了,这使我不敢对你有任何责备……"

信仰在某种意义上存在于心灵的满足之中。托尔斯泰晚年的时候特别容易感动,动不动就会流泪。当他的儿子看不惯他的作为,骂他神经病的时候,他不发火,只是泪流满面,以此表明自己原谅他的鲁莽。他经常说基督的伟大就在于他受难,在于他逆来顺受。"有人打你左脸,你就把右脸也转过去。"托尔斯泰的感动有时候是建立在自己的受苦之上的。托尔斯泰在1886年曾徒步去奥普京修道院。他把自己打扮成一个农夫,穿着粗布大衣,像一个苦行僧一样生活。他一路感动。这种感动也许是因为想到自己这样一个老人,也在一路受苦,就有一种来自信仰的自我满足。在心理学上,这是一种"受难—快乐"模式,或"受虐—快感"模式。在宗教上有一种鞭笞自己的肉体而产生心灵满足的方式,就是一种典型的"受难—快乐"模式。托尔斯泰这一时期的确有一种自比基督的潜在雄心。事实上,他宽大的骨架,他的脸形及眼神和基督确有几分相似。

现在,他已经厌烦了索菲亚包围着他的庸俗而腐朽的生活,他正在离家出走的路上。托尔斯泰内心的感动到达顶点。他觉得他正在接受神的考验。他知道他活着的时日不多了,却认为他最后的一个月比他长长的一生都要重要。他拒绝坐上等车厢,他和私人医生坐在又冷又大的简陋的三等车厢里。车厢里脏而臭,到处都是垃圾。当火车停在阿斯塔波沃车站时,附近的农民听说他在火车上,纷纷赶来,要见托尔斯泰。后来,考虑到托尔斯泰的身体,他们派代表上火车见他。寒冷的车厢使托尔斯泰的病情恶化,当夜,他发起了高烧。他不得不在阿斯塔堡火车站下车。由于当地没有旅馆,托尔斯泰被安排在车站站长的卧室里。

托尔斯泰病重的消息迅速从这个小站传遍了全世界,阿斯塔堡成了全世界关注的中心,成批的记者聚集到了这里,读者的慰问电雪片一样从世界各地飞向小站。家人也都赶来了,但托尔斯泰拒绝见索菲亚。可怜的索菲亚,在听到托尔斯泰出走的消息后,吓得跌倒在冬季寒冷的水池里,但托尔斯泰不愿见她。

六位医生轮流照顾他,这令托尔斯泰反感。他说:"世上不只有列夫·托尔斯泰一人,还有别的病人需要照顾。"

他感到自己快死了。他昏迷了过去。他开始说胡话。他临死唯一的念头就是逃离。他说："赶紧逃走,赶紧逃走……我要出去找一个地方,好让谁都找不到我。让我安静一点。"他昏过去后,索菲亚来到了他的身边。

这时候,在遥远的莫斯科,东正教会正在讨论是否恢复托尔斯泰教籍的问题。讨论的结果是:不同意恢复。他们派人前去看望托尔斯泰,希望托尔斯泰临终前放弃他的"异端邪说",那样的话,可以得到来自教长的临终祝福。当然,他们的这个目的并没有实现。

他的儿子谢盖尔,记录了他临终时说的几句话:"真理……我很爱……大家……"真理,这里有特殊的含义,可以理解为上帝之道、世界之善,或爱本身。

托尔斯泰的遗体放入了灵柩,由农民抬着,准备安葬在雅斯纳亚·波利亚纳。一路上,有成千上万送殡的民众护送,队伍长达数公里。当局怕民众闹事,出动持枪的宪兵维持秩序。当托尔斯泰下葬时,有人高喊:"宪兵,跪下。"宪兵们于是都跪下了。

托尔斯泰走了。世界并没有按他的学说演进。他晚年的行为,可能有些走火入魔,但在他那里却是十分的真诚。托尔斯泰是一个身心俱往的人,正是在这一点上,成就了他伟大的人格,进而成为他作品中最为闪光的部分。作为这世上最伟大的小说家,他创造了无数光辉灿烂的人物,他的作品温暖了一代又一代的读者,具有了永恒的品格。

2004. 2. 20

永远死了吗

死于:1922 年 11 月 18 日(终年 51 岁)

死因:肺炎

地点:巴黎阿默兰街 44 号

葬于:巴黎拉雪兹神父公墓

"我没几天可活了。"

每次说起自己的身体状况,普鲁斯特总是这样声明。他说:"我在咖啡因、阿司匹林、哮喘之间苟延残喘,算起来七天中倒是有六天是在生死之间挣扎。"

普鲁斯特这么说完全是真诚的,但每当他这么说,周围的人都认为他夸大其词,认为他是一个不可救药的臆想狂。他的股票经纪人有一次就直言不讳地对他说:"你已经说了十五年了,眼看就要到五十了,可你还像我刚认识你时一个德行……"

一次,他向朋友奥德赫发出同样的抱怨。奥德赫规劝他:"不要一天到晚头脑中老是想着自己的病情。你得承认,比起欧洲的一团糟,你现时的情况要好得多。"

可这次好像是要确证自己并非言过其实,普鲁斯特在第二年就真的过世了。

在十岁那年得过一次哮喘病后,这病就终生跟随着他。这个病让他对什么都过敏,乡间的花粉、图书馆的尘埃,更不要说突然降临的寒流。他只好待在窗户紧闭的屋子里面。他从不见太阳,也不呼吸新鲜空气,更不要说去锻炼身体了。要是离开屋子,那一定是去赴宴。一次一次的得病使他的身体越来越虚弱。他又患了失眠症,几乎每夜都睡不着。他害怕任何声音,害怕阳光。他拒绝闲人进入,屋中漆黑一团,简直与坟墓无异。

他一辈子迷恋于他的床。在床上,他幻想着人间的奢华生活和一切富丽堂皇的事物。由此,他展开了同时间的搏斗。《追忆似水流年》可以说是一部关于重获时光的小说,在这部书中,一切细节——我们的无知和经验,都充满了永恒的意味。当然,这种迷恋也让他成为一个自恋狂。

社交是他离开自己房间的唯一理由。虽然整天病恹恹的,但他本质上是一个纨绔子弟。他对社交有一种狂热的迷恋。他的通信录上都是显贵;喜欢去里兹饭店请客,出手阔绰;费尽心力巴结、讨好沙龙里的贵夫人。安德烈·纪德甚至由此断定他是个喜好风雅、趋炎附势的社交名流。

1922年10月的某一天，普鲁斯特参加完了博蒙夫人家的晚宴，回来的时候着了凉，并得了上支气管炎。医生告诉他，只要好好休息就会没事。但那时候，普鲁斯特正在修订他的《失踪的阿尔贝蒂娜》。也许他已预感到了什么，总之，他没有休息，而是拼命工作。

他的父亲和弟弟都是医生，但他似乎不怎么信任医生。他小的时候，有一位医生曾声称发现了根治哮喘的办法，结果小普鲁斯特让他做了一个鼻子软骨的切除手术。手术做两个小时，普鲁斯特可以说吃尽了苦头。医生说："你现在可以放心到乡下去了，花粉过敏、发热之类的毛病再也不会有了。"但手术后第一眼看到怒放的紫丁香，他便哮喘发作，差点小命不保。从此后他就对医生失去了信任。他的小说只要写到医生便形迹可疑。

这次，他虽然病得很重，但也不准备听医生的话。他对女仆塞丽斯蒂说，不要让谁进入他的房间，他要工作。忠诚的女仆严格执行他的吩咐。他躺在床上口授，塞丽斯蒂替他记录。

这部长长的叫《追忆似水年华》的著作，普鲁斯特已经写了十五年了。写作这部书是源于父母的相继谢世。普鲁斯特一直没有正经的职业，靠父母养活。他有很深的恋母情结，心智也不够成熟，对世事多愁善感，对男人的兴趣比对女人要强烈。父母死的时候，他还没结婚，可以说一事无成。他觉得自己应该干点什么了。1907年的某一天，他对女仆塞丽斯蒂说："我要开始写作了。"

他说到做到。他躺在床上，果然开始了绵绵不绝的回忆和写作。十五年就这样过去了，他终于完成了七卷本著作《追忆似水年华》。

弟弟罗贝尔听说普鲁斯特拒绝治疗，便闯进了他的卧室。他要把普鲁斯特送进医院，但普鲁斯特粗暴地加以拒绝。他说："让我安静一点。我不会离开这个房间的。"

他死前的最后一夜，在修改小说中关于老作家贝尔戈特死亡的文字。完了后，他让塞丽斯蒂出去，说他要休息一会儿。但塞丽斯蒂感到不对头，偷偷藏在幕帘的背后。

"塞丽斯蒂，你为什么不走？"敏感的普鲁斯特感到屋子里有人。

"先生，让你单独在这儿我不放心。"

"塞丽斯蒂，你撒谎，你知道我看到了什么……又大又黑，一身丧服，非常难看，我很害怕。"

塞丽斯蒂终于违背了普鲁斯特的意愿，让医生进了他的房间。但他已经不行了，死在弟弟罗贝尔的怀抱里。

普鲁斯特最后修改的关于老作家贝尔戈特死亡的文字：

……永远死了吗？谁能这么说呢？……人们将他埋葬。

但是，下葬的那天夜里，整整一夜，在烛光照亮的书橱里，他写的书三本一沓摆在那里,相互交错,就像张开翅膀的天使,对已故之人来说,仿佛象征着他的复活。

普鲁斯特死后,葬于巴黎拉雪兹神父公墓。墓碑几乎被他的名字占满。没有墓志铭。他生前是个话痨,《追忆似水流年》是如此滔滔不绝,旁逸斜出。但在黑色的大理石上,他只留下他的名字。也许,他明白,他的个人精神都融入了他著名的《追忆似水流年》之中了。

2004. 1. 20

最后的画事

　　1912 年,莫奈的眼疾被确诊为白内障。医生说他不能继续画画了,但莫奈还是坚持在清晨时分坐在院子里等待太阳升起。这是他多年以来的习惯。为了画清晨、画雾中的拉克洛瓦岛,他总是天不亮就去写生。那是一生中最美的时光。他不怕烈日,不怕风雨,他的足迹遍布法国的山山水水。但像别的印象派画家一样,他的画没有销路,贫穷像瘟疫一样困扰着他的一生。

　　太阳升起来了,他照例坐在那把躺椅上,衰弱的视力使阳光下的事物显得模糊不清。不能工作对他来说是个沉重的打击,为此他非常不安也非常无奈。这样的时候,他只能靠回忆打发时光了。

　　他想起 1874 年。那一年他和他的朋友们谨慎地筹办了第一个展览。那时,他们的图画已经十分离经叛道了,但他们只不过是小人物,并不想惊世骇俗。他们把希望寄予官方沙龙。他们煞费苦心地回避了展览会刺眼的名称和主张,展览会的目录卡上除了时间、地点、作者及作品信息一无所有。1874 年 4 月 5 日,展览会在巴黎开幕了,但事与愿违,笑骂之声哄然而起,他们被舆论讥为疯子、无知的暴徒和沽名钓誉之辈。他们被一股脑儿抛来的咒骂弄得狼狈不堪。

想起这些,莫奈露出一丝苦笑。他想,他们比起那个叫库尔贝的人来,那锋芒是差多了。当年库尔贝既办个展又搞宣言,还在官方沙龙前搭一个大棚子展览他的画作,晚上睡在棚顶上,一早醒来,他就穿着睡衣跳到观众面前,自我介绍说,请看看画得多么精彩!他想,他们命中注定是一群倒霉蛋,孤独和贫困将跟随他们一生。

太阳升得更高了,莫奈感到光线中有一股灼热的东西刺激了他的双眼,使得周围的事物突然间变得清晰起来。啊,光!莫奈情不自禁地欢呼一声。他这辈子是那样恭恭敬敬地追随着太阳,追随着光,追随着他所描述的对象。

1867 年,莫奈开始画《草地上的午餐》。他当然要在画室之外,在阳光下用写生直接完成创作。为了在户外完成这幅巨作,莫奈不得不在花园里挖一个大洞,以便画上半部时把画放进坑底。那时库尔贝已经成名,他看到莫奈对着画布迟迟不动笔感到很奇怪。莫奈却说:"我在等太阳。"在库尔贝看来,莫奈完全可以先画别的地方。莫奈不同意,他说:"色彩关系不对。"

181

可莫奈实在有点喜欢库尔贝。库尔贝有一种蔑视一切的气概。库尔贝说:"我像游泳健将一样横渡传统的急流,而学派却淹没于其中。"

太阳越升越高,莫奈全身燥热起来。他想,生命其实也如他的艺术,是一条急流,而他应该是一个好的泳者。这样想着,他又一次感到浑身是力。我还能画,他想。于是他从画室内搬出画夹,又要开始新的创造了。他习惯地眯眼注视远方,但他的视力实在太弱,弱得难以分辨颜色,他甚至只能靠颜料管上的标签来估计色彩。

这是莫奈最后一幅画,就是他那幅著名的巨作《睡莲》。《睡莲》完成后,莫奈说:"现在画完成了,我也瞎了,没有理由再活着。"

2004.1.10

真理是如此直白可见

我曾经写过一篇谈马尔克斯的文章,叫《1986 年的植物小说》,记述了我最初读马尔克斯的震撼。那是我第一次读所谓的"现代派"小说。在那篇文章里,我把马尔克斯的写作称为植物写作:

> 《百年孤独》充满着热带植物般的生气和喧闹,它呈现在你眼前的景观,无论是人群的还是自然的,无不壮丽而妖娆。这个植物一样的世界具有一股神奇的魔力,它拥有巨大的繁殖能力和惊人的激情。我的感觉是这个世界在急剧地膨胀,即使作者停止了叙述,这个世界依然在书本里扩展,像不断膨胀的宇宙。

现在回想当年的情形,我想,如果没有那次阅读,我可能会一直在文学之外——我本学建筑,这辈子成为一名严谨的工程师是顺理成章的,但我在年轻时遇见了马尔克斯,他让我知道小说原来可以写得如此自由,可以不顾现实逻辑而飞翔其上,可以天马行空地凭自己的想象重新构筑一个新世界。

这本书点燃了我对文学的热情。我开始阅读期刊,关注 1980 年代我国的文学思潮,我惊讶地发现,这本书对中国作家的影响如此之大,可以说 1980 年代的寻根文学很大程度上是在对《百年孤独》致敬。

后来我也开始了写作。我得承认,我 1999 年完成的第一部长篇《越野赛跑》受到过《百年孤独》的影响,我也同样创造了一个充满了变形和幻象的世界。我写到一个叫"天柱"的地方,那是个灵魂自由栖息之所,那里众生平等,那里植物蓬勃,人和虫子可以相互转换,那里水往高处流,可以见到未来世界的投影,仿若一个海市蜃楼。

除了《百年孤独》,后来我没读过马尔克斯的书。我觉得已完全了解马尔克斯的思考方法,不需要再读他的别的作品了。他得诺贝尔文学奖后出版的《霍乱时期的爱情》我买了,但并没有阅读。

2013 年夏天以来,我迷恋上了水墨。在玩墨之余,我突然对马尔克斯重新产生好奇。我想看看他早期的作品是什么样子,想看看他的来处。于是我读了《枯枝败叶》,接着又读了他的《没人给他写信的上校》。

读完《枯枝败叶》,我对一个朋友说,任何大师都是有来处的,我从《枯枝败叶》里看到了福克纳对马尔克斯的深远影响。与《我弥留之际》一样,《枯枝败叶》里人物视角不断转换,甚至连故事也有点类似,共同写了一个关于葬礼及其回忆的故事。小说的叙事也是福克纳式的迟滞和缓慢,连比喻都有福克纳的影子。马尔克斯在小说中写到光线:

> 阳光一下子冲进来,如同一只猛兽破窗而入,一声不响地东跑西窜,淌着口水,到处嗅嗅,狂暴地撕裂着墙壁,最后在陷阱里找个阴凉的角落,悄悄地卧了下去。

在福克纳的小说里遍布关于光线的绝妙比喻:"阳光很冷,也很耀眼。"在《八月之光》里,福克纳这样写道:

> 房舍蹲伏在月光里,黑魆魆的神秘莫测,暗藏危险,房舍仿佛在月光下获得了个性,充满威胁,是个陷阱。

然而马尔克斯毕竟是一个伟大的小说家,即使他在最初的写作中,依旧展露了他超凡的想象,在《枯枝败叶》中已能看出一点点未来马孔多的影子。尽管在这部小说里,马尔克斯暂时还很拘谨,步履笨拙而缓慢,但同后来的成熟比,我更喜欢这个毛茸茸的马尔克斯。《枯枝败叶》有着世界初创时的质感和重量,坚实、木讷却又蓬勃雄辩。在《枯枝败叶》和《没有人写信给他的上校》里,马尔克斯的世界是凝重的、静止的,他的叙述就像一个木桩一样坚固地插入大地的深处。与后来《百年孤独》时期技巧的飘逸和纯粹比,此时的马尔克斯更为真诚,他小心地把他对世界的发现展现给你,仿佛在对你说,相信我吧,这是真的。他成熟了后,心里想的是,你爱信不信,世界就是这样的。

好吧,我先把马尔克斯放一下,谈谈福克纳。在我文学的学徒时期,我承认从福克纳那儿学到的东西最多。在中国作家中,究竟有多少人受过福克纳的影响?你可以去看看他们所写的傻瓜和他们的视角的转换手法就可以做出判断。可是没有一个人写傻瓜写得和福克纳一样好,一样令人信服。阅读福克纳的过程就是阅读一个个活着的灵魂的过程,就好像他已进入每个人的内心,人物的一举一动、一个念想,完全就是那么回事。他的傻瓜就是傻瓜,完全是那种思维迟钝的状态,经受得住现实的严格检测,仿佛傻瓜的感觉及片段的念头本该如此,未加任何创造性的发挥。可是,你去看看我们作品里的"傻瓜",他们几乎是作家观念的产物,只不过是一个符号,作家想让他们干什么他们就可以干什么。他们几乎在小说里像一个"全能冠军",无所不能。关于叙事转换的口吻,在福克纳那里,每个人完全不同,我们甚至可以看到人物的表情,但在中国的小说中,我们看到的只是作家的表情,只看到作家一个人在那儿耍活宝。

我至今认为在所谓的"现代主义"小说里,福克纳挖掘人物深度的能力至今无人能及。然而福克纳显然不是一个大众作家,他注定不会有很多的读者,即便他头上有诺贝尔奖光环。不过我相信他将会滋养一代一代的作家。

如果这世上让我选两个作家，一个是福克纳，另一个我会选托尔斯泰。托尔斯泰创造的世界真是包罗万象，他太伟大了，简直像一位创世者。他不会放过小说里出现的任何事物，并赋予独特的印记。

在《复活》里，涅赫溜道夫去未婚妻家，公爵夫人年老色衰，她喜欢在自己昏暗的屋子里接待"自己的朋友"，以掩盖容颜的不堪。这时候，傍晚的阳光从窗口射入，她马上让仆人把窗帘拉起来。但是仆人太慌张了，窗帘总也合不拢，自然受到公爵夫人尖刻的嘲讽，这时托尔斯泰写到了那个沉默而紧张的仆人的目光，"菲利浦的眼睛里有个火星亮了一亮"。就是这个细节让人知道即使卑微如仆人，也有其尊严。这个细节让读者永远地记住了这个在这本书里完全可以忽略不计的小人物。

托尔斯泰甚至不放过小说中的一匹马。读过《安娜·卡列尼娜》的人一定不会忘记渥林斯基的那匹纯种赛马，那是一匹中等身材的马，"骨骼细小，胸骨突出，胸部狭窄……瘦削的脑袋上张着一双突出的闪闪发亮的快乐眼睛，鼻子部分特别长，张开的鼻孔里露出充血的薄膜。它的全身特别是头部具有一种既刚毅又温柔的神态。它所以不会说话，仿佛只因为嘴的构造不允许它说话罢了"。

当托尔斯泰描述这匹叫弗鲁–弗鲁的马时，也赋予它以灵性，就好像它是人类中的一员。

马尔克斯完全不一样,即使如他早期的《枯枝败叶》这样的小说,我们依旧不能感觉到人物的温度。马尔克斯几乎一开始就在追求奇观,他的写作在某种程度上是观念的产物,也因此他的人物都像某种动物,有着蛇一样的冰凉感。马尔克斯确实也是这么做的,他用动物的方式描述人,用人的方式描述那些植物。在《枯枝败叶》里,那个多年前来到上校家的有一双色眯眯双眼的不速之客,就像一匹马一样靠吃青草生活,而那个收留了他的上校,那个最后冒全镇之大不韪替"不速之客"送葬的上校,似乎也看不出有多少正常的人类情感,他所做的一切就是为了一个多年前的对食草者的"承诺"——完成他的葬礼。我猜想,承诺也许是这部小说里最根本的叙述力量。

　　关于承诺,我想起了另一本小说《谁带回了杜伦迪娜》。作者是阿尔巴尼亚人伊斯梅尔·卡达莱,写于阿尔巴尼亚社会主义时期的1976年。阅读这本书,我还是相当吃惊的,倒不是说这本小说有多么经典,而是这本小说表现出来的高超的现代小说叙事技巧。1976年我国的作家都在写什么啊!他们要么失语,要么在按"高大全"的路子写完全缺乏信服力的农民小说。

　　《谁带回了杜伦迪娜》来源于一个关于鬼魂的民间传说:康斯坦丁为了遵守诺言,从坟墓里出来横跨整个欧洲把妹妹接回了家。作者由此开始,在一个类似侦探小说的包装下,讨论起关于"承诺"的问题。小说令人印象最深的是作家绝处逢生的能力。

当一个结论出现,你以为到达终点,却迅速地被作家推翻、否定,开始一个新的起点。最终,作家让一个抵制幽灵的故事变成了幽灵捍卫者的故事,从而抵达这样一个主题:一个超越真实和虚幻的永恒的阿尔巴尼亚。

据说伊斯梅尔·卡达莱是诺贝尔文学奖的热门人选,不过我觉得他没好到得奖的程度。

在 2012 年年底,我读了不少外国在世同行的作品,以获布克奖者居多,印象深刻的有《终结的感觉》《失落》《黑犬》《凡人》等,当然还有拉什迪的《午夜的孩子》。在我的眼里,布克奖获奖作品就小说的艺术性来说远超诺贝尔文学奖获奖作品。布克奖的获奖作品几乎一直走在小说艺术的前沿,而诺奖某些年份评出来的作家倒令人大跌眼镜,比如 2009 年折桂的德国女作家赫塔·米勒。

现代小说是多么简洁而有力,《终结的感觉》用两个片段写尽了人的一生,那个隐藏其中的关于命运的秘密到最后时刻才揭晓。而《凡人》几乎讲述了一个人的疾病史,从孩提时候的第一次住院,讲到了生命的终结,长长的一生中,主人公充满了对自己身体及疾病的恐惧。这种恐惧下意识地控制着人的行为。而在《黑犬》里,在短短的十二万字里,我们几乎可以从文本里看到了二次大战时法国的抵抗运动到 1989 年柏林墙倒塌的历史进程,当然关心的依然是关于人及其文明和信仰问题。

以我有限的阅读，我觉得在西方，这种简洁的文本几乎是创作的主流。篇幅不长，却有着漫长的时间跨度，每一个片段和细节都极其讲究、极其准确，小说写得像精美的艺术品一样经得起任何推敲。

当然，也存在像拉什迪这样极度繁复的作家。

拉什迪显然在马尔克斯那种超现实的所谓"魔幻现实主义"的谱系上。在这个谱系上，我认为他是当今世界第一人。

我多么喜欢《午夜的孩子》，阅读这本书时我仿佛重新找回了1986 年阅读《百年孤独》时的兴奋和激情。我完全被拉什迪天真的蓬勃的甚至带着某种邪恶的恶作剧气质吸引住了。印度大地是如此古老，古老到一切都像是史前的神话，我有一种仿佛是读着一个关于古老中国的故事的幻觉。是不是所有古老的大地都会发生相似的传说呢？

我读《午夜的孩子》时这部书在国内还没有出版，我看的是多年前作家薛荣送我的打印本，由刘凯芳先生翻译。当然，拉什迪和马尔克斯不同，他的世界更具逻辑性。或者说，拉什迪的想象更具逻辑性。

小说中关于"割裂"的动机反复出现。小说写到母亲在地下室爱上了一个诗人，诗人逃走了，母亲又嫁给了一个商人，可心里装着的还是那个诗人。作为穆斯林的母亲觉得应该全心全意爱上丈夫，于是决定一个器官一个器官地爱丈夫，她先爱上了他的手,再爱上鼻子,再爱上耳朵……有一天,她发现丈夫竟然长得像那个诗人了。最后,她爱上了丈夫所有的器官,唯一没有爱上的就是他的生殖器,原因是她和诗人不曾发生过性关系。这一"割裂"的动机,在小说最初外公和外婆的恋爱过程中已经出现,医生外公是通过白布单中间的一个洞为外婆治病,从而先爱上外婆身体的各个部位,再爱上外婆的。

小说的时代背景正是印度被割裂的时代,"割裂"正是这部小说的主题。

我一直认为,想象不是胡来的,想象自有其逻辑性。逻辑本来是束缚人的东西,可是在拉什迪那儿却无拘无束。拉什迪在不断的重复中变幻出无穷无尽的新元素和新花样,他像一个魔术师,不断地从他的魔盒子里取出新的故事,展现我们从未见识过的事物,而起点只是那个魔盒。阅读这本书,我经常感叹,小说写到这种程度才叫真正的自由。

同样写印度的故事,印度女作家基兰·德赛的《失落》却是另一番况味,字里行间渗透着沉静和哀伤,又有着洞悉世事和人性的幽默感,气息迷人。

小说里赛伊和她的家庭教师基恩的爱情写得多么好。他们已心仪对方,小心地接触彼此的身体。一切显得如此天籁和纯真。

"让我看看你的手。手好小。"

"是吗?"

他掂了掂她的手。

"轻得像雀儿。骨头一定是空心的。"

凝视本身是一只耗子,它钻进赛伊绣着颠茄图案的和服的袖子里,看到她的肘部。……他们看过了手臂和腿。再看到脚——"但他克制住不去提及这些,最好还是关注在更科学性的探寻上,至少不会让他心跳如狂。"小说这样描述基恩的心情。

基恩探索赛伊的头,"是平的还是凸的?""他不敢相信自己的大胆,心中的恐惧不停要把他拉回来,可他执意向前,根本不去理会;他放任着自我。手指往下移到鼻子。他的手指即将从赛伊的鼻尖落向弧度完美的双唇……"

可是令人忧伤的是他们的恋情无疾而终,革命一夜之间卷走了基恩,让他变成了另外一个人。"问题是他想参与到更大的事件中去,成为政治和历史的一部分。"

基兰·德塞写了一个失败的印度、一个肮脏的印度,写了印度人面对西方世界的卑微处境,但在经过他的语言处理后,一切变得那么美,那么令人动容。小说最后,从美国回归印度却被洗劫一空的穷小子比居和厨子父亲相见拥抱,这时作家写下这样的句子作结:

干城章嘉的五座山峰在天光的映照下呈金黄色,那光亮让人相信——哪怕是一瞬间——真理是如此直白可见。你只需伸出手就可采摘下来。

现在已是 2013 年 6 月底，半年过去了。我每天在网上看到了各种各样的滑稽的惨烈的惊悚的事件，到处都是奇观，我们的现实甚至比马尔克斯笔下的马孔多以及魔幻的拉丁美洲更为神奇。我看到了这个世界令人担忧的不确定性。唯有从网上下来，开始阅读时我才会感到宁静。在阅读时我感到时间恒久的力量，感受到命运的深不可测，感受到眼前的一切和小说世界一样终究是梦幻泡影，如露亦如电。

我唯一的希望是有一天真理像"天光"一样直白可见。

2013. 6. 24

高尔夫、天才和语言

电影《锡杯》中那个叫麦克沃伊的天才是这样描述高尔夫的：高尔夫就是用球杆写诗。诗的头一句是关于信任、触摸和放松，你先要和球杆建立信任关系，不要握得太紧，要温柔一点，要有热情，当举杆到最高点的刹那，你要向上帝致意，表明任何事物都不可能完美，挥杆犹如雕塑，然后将球清脆地有性格地击出，那一瞬间你的内心及丹田均会感到一阵悸动。

我摘录这些话是因为我刚打过一次高尔夫球。他们说东钱湖建了一个高尔夫球场，不错，我就跟着去玩儿了一把。有些事情可能是不证自明的，天底下的高尔夫球场一定比公园更漂亮，公园总是过分雕琢，但我不想在这里描述球场如何漂亮或像中学生一样抒点情。山山水水我见多了。我对像麦克沃伊那样挥杆更感兴趣。我记得在那部影片的高潮处，当麦克沃伊在一连串令人窒息的失败后最终完成漂亮的一击时，人群顿时沸腾，而麦克沃伊像公牛一样在人们的欢呼中昂首而行，这个场景曾给我幸福之感。我希望在现实中能再度体验到幸福。但我打得不好，也就是说我无法体验内心及丹田的悸动，所以，我不可能说出像麦克沃伊这样敏感的话。

对高尔夫我没有一点心得，但对其他话题其实我还是可以说上几句的。比如天才和语言问题。我发现天下的天才大都具有语言天赋。如那个总要惹是生非的迭戈·马拉多纳，他那著名的"上帝之手"的说法恐怕不是一般人能说出来的。我曾在电视上看过日本建筑师安藤忠雄的访谈，我知道他原是拳击手，不是建筑科班出身，但听他谈论建筑你绝对会百感交集。天才们常常有一套自己的说话方式。他们是这个世界的顽童，是上帝写在人间的诗，是每一个行当开出的花朵。他们的身上一定带着这个行当的深邃的秘密。我想斯皮尔伯格必与我有同感，在他的科幻电影中，那些科学怪杰有着飞一样的说话速度，他们的嘴上像流着一条亢奋的神经质的话语河流。

据说美国历史上真有麦克沃伊其人。他像所有天才那样疯狂、固执、我行我素，他在现实中是一个失败者。这也是很多天才的下场。照他的说法，打高尔夫球的关键是"信任"。翻译成我们中国人的说法应该叫作缘。我一直认为缘就是契机，如果有缘你就可以进入事物的核心。这时，你就可以体验到事物不可言说的部分。神居住在我们喜好的事物中，每一个事物其实都像宇宙那样丰富多彩、无可穷尽。只有对事物有着深刻体悟的人才能成为一个"诗人",才能说出其中的奥秘。

2001. 12. 10

辑四

好人去了天堂

2013年正月初三,我带女儿上宝石山看望子潮。他在上海做过手术后,我去看过几次,年底因忙于事务,已有两个多月没去看望他了。其间我持续从朋友那里听到他的好消息,说身体正在恢复之中。因此,在上宝石山前,我脑子里想的是子潮应该比原来更健康了。但现实是残酷的,我见到的和我想象的完全相反:他躺在床上,脸膛黢黑,生气微弱。现在回忆起来,那应是我探视他几次中状况最差的一次,那一次病中的子潮给我一种油尽灯枯的感觉。因为做过喉部手术,他尽量不说话,我问锦绣,子潮胃口和睡眠状况,锦绣说的每一句话都是正能量,说子潮吃得可香了。这时,子潮摇摇头,说,不好,睡眠也不好。那一刻,我看到一向乐观的子潮身上有某种悲哀的气息。

那天我没有任何心理准备,几乎是"逃离""纯真年代"的。走在宝石山的石阶上,我终于没忍住,眼水一下子涌了出来。我心里虽怀着侥幸,希望奇迹会在子潮的身上发生,但理智告诉我,我可能将会失去子潮这位朋友。回到家,发了会儿呆,我给吴玄打了个电话。吴玄很乐观,他说,子潮前一阶段化疗,身体弱是正常的。我这才松了一口气。

我和子潮第一次见面是在 1998 年,他和任俊到宁波来办什么事。那时候,我独自在宁波写作,和文学界几无往来——我只认得《江南》的谢鲁渤,他因为看了我发表在《花城》上的处女作《少年杨淇佩着刀》,专程来宁波看望过我,令我非常感动。那次,子潮打电话给我,然后我去见他们。那一晚聊得很开心,聊至凌晨,任俊让我别走,三人挤在同一个房间睡了一觉。

然后便成了朋友。每次到杭州,必定要见见子潮。后来他和锦绣在文三路开了一家叫纯真年代的书吧,我便经常去书吧坐坐。书吧搬到了现在的宝石山腰,于是就去宝石山见子潮。

我和子潮聊得最多的是文学。在这个物质至上的年代,已很少有人正经聊文学了,即使作家见面,聊的要么是政治和性,要么是金钱和八卦,总之,文学似乎已经是一桩羞于提及的事了。但和子潮尽可以谈文学,他这一生最感兴趣的话题也只有文学。在我写作遇到困难时,我也乐意与他聊聊,时有启发。有一次,他给我背诵了沈泽宜先生的一首诗歌:

隔岸而居,灯火十万人家
竹林深处栖息着村庄

200

吴歌。燕子。逝去的橹声

割草女孩把辫子撩到胸口

那是怎样的女孩呵

以雪花黑水晶传说

野蜂的腰肢做成的女儿

木香和白玉的女儿，不可亵渎的女儿

当时已是深夜，书吧里只有我们俩。我不清楚他当时的心情，他笑得那么天真，目光那么明亮，仿佛在恋爱中——正在和诗歌谈一场恋爱。我知道他一生热爱诗歌。

在我眼里子潮就是这么一个天真的人。如果世上存在一个内心光明、毫无杂质的人，他便是其中的一个。他的纯真让他即使做了错事，也会迅速得到原谅。也许这也是他和锦绣用"纯真年代"来作为他们书吧名的原因吧。

我最后一次看望子潮是在今年 7 月初。我去看子潮总是要拉上吴玄。吴玄是个开心果，也是个调节气氛的高手，有他在欢乐顿时会充满病房。我想这也是子潮想要的人间欢乐——这一年来，他基本上躺在床上，虽有家人悉心呵护，毕竟也算是远离人间了。看得出来，我们去，他是高兴的，我总能看到他目光里的喜悦，那么明亮的喜悦。看到他的目光，我会觉得似乎奇迹是可以发生在他身上的。

然而每次去看望子潮都是需要一点勇气的。因为我都看到了,事实是他并没有好转,他消瘦的病容于我是一种折磨。每次探视过子潮后,我总会难过好几天,情绪低落,脑子里都是他受苦的模样,挥之不去。

因此,我非常敬佩锦绣和盛夏。自去年5月至今年8月,漫长的一年多,作为子潮的妻子和儿子,他们需要有多么强大的心理承受力。

锦绣本来在我的印象里是个弱女子,自己也生过一场大病,但这一年多来,她的坚韧和勇气,超越了我们大多数人。她在子潮得病后的日子,为子潮营造了一个向上的乐观的环境,某种程度上,她其实是子潮病中最好的医生,不论是在物理的治疗上(她想尽办法给了子潮最好的治疗),还是在心理治疗上。子潮其实一直是个孩子,锦绣最后的角色除了妻子也承担了母亲的角色,她完全成了子潮的依靠。

还有他们的儿子盛夏。他在父亲病床前表现出来的惊人的耐心令我十分感佩。他在银行上班,工作繁忙,但一有空就会出现在父亲身边。他从自己身上抽出血来,补充到父亲的身体里。血亲在那一刻真正融合到一起。这人间的爱从来都是单向的,父母对子女的爱总是天然的无私,而我们做子女的,也习惯或纵容了自己的自私。

在子潮最后的日子里,通过微博和外界联系着。他努力保持乐观形象,并表达着感恩的心。他是带着对亲人和这个世界的感

202

激而离去的。我想,在家人的爱中,他的肉身虽然痛苦,但灵魂一定心满意足。他在睡梦中离世的那一刻,一定是安详的。好人去了天堂,而我们这些在世的人,依旧在艰苦写作的人,会不时仰望天堂,惦记起这位文学兄长。

我因此赞美这个家庭,他们所做的一切是这世间大多数人做不到的。他们在人伦上堪称楷模。我从中获益良多。谢谢子潮,谢谢锦绣。子潮安息,你可以为你的儿子盛厦骄傲。

2013.9.20

德公二三事

　　吴玄说，德公是一个魏晋式的人物。我深以为然。浙江和上海近，这几十年来，和德公有诸多的交集。听闻他因病驾鹤西去，他的音容在脑子里过了一遍。面对一个魏晋式的人物，我不想在这篇纪念式的文字里表达过多悲伤。我们在世的生命于时间的长河里是如此短暂，那个注定的归宿是人人都要面对和经历的。对德公而言，他的人生可以用丰饶来形容。在文学界可能没有一个人像他这样洒脱地过完了这一生。

　　同很多人一样，我最早知道程德培是1980年代。那时候我在重庆建筑学院读书，是个文学爱好者。那时候我已读过马尔克斯的《百年孤独》。有一天，我在《文汇读书周报》上读到由程德培和吴亮主持的《文学角》栏目，当时正是"新潮"文学风起云涌之际，我通过这个窗口迅捷地了解了当时中国文学正在发生的演变。当时这个园地介绍的不光有后来被称为"寻根"的文学作品，也有后来被称为"先锋"的作家。因此在我的感觉里，"寻根"和"先锋"几乎是同时发生的。顺着这两位敏锐的批评家的指引，我得以一窥中国文学内部的生态。那是 1980 年代中后期，德公当年也只有三十多岁，俨然已是文坛点石成金的批评家，影响力卓然。那算是文学的黄金年代，可惜我没能赶上。

我开始写作已是 1990 年代后期，文学的黄金年代已然过去，德公和吴亮也淡出了文坛。我听说德公做生意去了，吴亮开始了艺术批评，和画家们玩儿去了。德公下海赚了大钱，由此开始了他夜夜笙歌的人生。我听说他做生意期间，只做两件事，一件是请文坛朋友吃饭，一件是支持文学，为自己喜爱的作家出书。我记得这期间他喜欢赵柏田的散文，为赵柏田出过书。我认识他是在子潮那儿。有一天突然接到他的电话，说要编一本《名家推荐：2002 年最具阅读价值中短篇小说》。我推荐了鬼子的中篇《被雨淋湿的河》。这说明他身在商海，心一直没有离开过文学。那时他有一个助理，关于编书事项具体事情都是由助理和我联络的。我感觉当时他的公司应该没有多少人，但看他请客的豪气，感觉他是一个亿万富翁。

2005 年 10 月，林建法老师邀我们去锦州参加一个会议。参会的阵容相当豪华，莫言、陈晓明、毕飞宇等都在，德公也在。那时候德公的生意据说出现了困难。这也是可以想见的，一个文人终究不是商人，并且德公的做派简直把做生意当作吃喝玩乐，看起来对生意并无规划，也谈不上有什么雄心。那一次德公说是他生意暗淡后第一次参加文坛的活动，算是回归。虽然他可能心里面从来没有离开过文坛，至少是身体的第一次回归吧。那次我和他坐的是同一辆车，然后听他谈沉浮商海时的种种见闻，以及他胡吃海塞时"千金散尽还复来"的气概。他自嘲：我是个穷惯了的人，突然有钱了，恨不得人人知道我富贵了，所以什么人都请，那时候感觉不把钱花出去浑身难受。他说，到了一个晚上，要是突然没有饭局了，他会坐立不安，好像世界出了某种差错，于是他立马召集人马，又花天酒地去了。他的大方并不能得到相应的回报，在他的朋友那里德公请客成为天经地义之事。他说，有一次他到香港，其实他想请一位朋友吃饭的，但那位朋友以为是他想让其请客，借口有事没有见着。说这些时，他仿佛看着那个前世的自己，显得轻松而幽默，但自嘲中也有些许的敏感和受伤，听不出后悔。是啊，有什么好后悔的呢，他这一生也算比一般人经历更多，至少他认为对都市是有深入了解的。某天他看到一位作者写的都市小说受到广泛好评，他轻蔑地说，那作者根本不懂都市。

2005 年，虽然生意做得不算好，但地主家还是有余粮的。做生意时的生活方式哪能说断就断，因此晚上娱乐场所一定要去的。这对生活一向严谨对娱乐场所一无所知的林建法老师来说是一项重任，比他张罗一个会议要难得多。

在会议上，他喜欢引证充满哲思的现代主义批评家们的警句。他的发言也不太讲究逻辑,是罗兰·巴特式的片段式的,时有出人意料的金句。他批评的文本有好有坏,德公往往用缠绕的方式评述,得仔细倾听才会明白他真正的意思,他华丽的表扬后面可能藏着的是一个严肃的问题。德公喜欢来浙江,也特别关心浙江作家。他尤其喜欢东君。在一次东君的研讨会上,德公说:"我对东君全是赞美,没有一句批评。东君是一把琴,同时也是一把剑,东君既是高雅的,也是锋利的。"这是我听过的德公对一位作家最直白的评说。德公擅长自我嘲讽,不擅长赞美。他对东君是例外了。

德公最有趣的时候不是在会议上,而是在私下,特别是饭桌上。几杯下肚,德公便妙语连珠。德公这个称谓可能是浙江作家起的,其中当然包含尊敬,同时带有一定程度的戏谑和玩笑(因为德公太好玩儿了)。记不得谁先叫,叫着叫着觉得"德公"这一称谓于他最合适。开始他倒是笑纳,后来他开玩笑说,你们以后别叫我德公了,被你们叫得真成了公公。经常这样,他既嘲笑别人,也嘲笑自己。可他究竟是心细的,嘲笑完别人,他紧接着会补上一句:"不要生气啊。"我觉得德公虽然看起来大大咧咧,实际上心细如发,究竟还是上海人啊。有人安慰他,开玩笑怎么会生气呢。德公说,我这张嘴不知得罪了多少人。

德公很早就应允写一篇关于我的评论,一直没有写。每次见到我,都要"抱歉"一下,还是那句口头禅"不要生气啊"。我听了当然笑笑。他并没欠我,我又生个什么"气"。后来我明白"不要生气"这句话在德公那儿是他多年来的一种本能反应,是来自潜意识深处的。我想他也许并不认为别人会因此而"生气",而是他内心柔软的部分在作怪,凡他可以做的,他是一定要做到的。地主家的余粮早已没了,现在他的余粮就是手中的那支笔和他对文学的爱恨情仇。

2023年春节,我向他拜年。他回复我,刚为我的新长篇《镜中》写了一篇评论,将发表在2023年《中国文学批评》第一期。并说,欠了那么多年的债终于还了。后来,我收到刊物,仔细拜读。文章相当长,是德公一贯的气势如虹的方式,有诸多引证,口吐莲花。事后回想起来,他写作此文时身体应有得病前的不适了。我猜想这篇文章是他写的最后一篇评论。我感动并感谢他,感谢他的阐释和指正。

德公千古。

2023.10.8 杭州

小说的保姆

——我和《小说选刊》

  2019 年 1 月，我的《在科尔沁草原》获得"《小说选刊》最受读者欢迎奖"。在那次颁奖会上，我认识了新一代《小说选刊》的编辑李昌鹏、鸥逸舟等，都是一些年轻而美好的面孔。在颁奖晚会上，我做了如下感言——

  听说这是一个以读者喜爱的名义颁发的奖。关于这件事，我很感慨。今天纯文学的读者又在哪里呢？作为一位作者，我当然想要更多的读者。一部作品的生命力也只有在被阅读的那一刻才产生。当一部作品不被打开时，它是多么孤单。作品永远是被动的，它内部的精神，它的人物，它的结构，它所蕴含的启示，只有被读者打量时，才得以呈现。从这个意义上说，作家只是完成了一半的工作，他写下作品，其实只是生下了一个孩子，关于孩子的成长，完全是由读者完成的，并且这个孩子长成什么样子，也由读者决定，作品的意义完全由读者自行赋予,我们常说的"一千个读者有一千个哈姆雷特"就是这个意思。所以读者的权力相当大,读者认为是男孩,这个作品就是男孩;认为是女孩,那就是女孩。

我知道《小说选刊》是有读者的。所以,一篇小说在原刊发表后,被《小说选刊》选载,某种意义上是作品的一次成长,经由它交给更多的读者并赋予各种各样连作者也无法预料到的意义。所以,《小说选刊》是作品很好的保姆。她知道读者是挑剔的,喜欢漂亮的东西,所以她尽可能从成千上万的小说中选出比较漂亮的,提供给读者。这也是《小说选刊》得到读者的信任,有很多读者的原因。

感谢读者,感谢《小说选刊》,感谢所有的主办方。谢谢你们,我很高兴。

我和《小说选刊》的联系,在我文学学徒时代就开始了。中国有那么多的文学期刊,肯定是看不过来的。在中国写作,文学场域相当重要,我是学工科的,和文学界没有任何联系,所以文学场域对我而言就是文学期刊,我经常阅读《花城》《收获》《人民文学》《当代》等,当然还有被认为期刊中的期刊的《小说选刊》,阅读这些期刊,基本上可以了解中国文学的趣味、方法、最新的潮流、关注的问题。而《小说选刊》总是能迅捷地和中国文学的进程同呼吸,我从中获益良多。

我对文学的兴趣很早就埋在心里。大学时代,我从《小说选刊》上读到莫言的《红高粱》、王安忆的《小鲍庄》、韩少功的《爸爸爸》等,让我眼界大开。那时候我也读过马尔克斯的作品,我看到新的方法让文学变得如此自由。阅读外国文学让我知道世界文学的面貌,阅读《小说选刊》了解中国文学是如何用新的观念和方法处理本土经验的。我有了写作的热情,尝试写作。当然,那时候很年轻,没有生活经验,我在大学时代没写出一个完整的故事。但那段日子对我非常重要,1980年代思想开放,可以说在思想和情感上塑造了今天的我。

经过艰难的文学学徒时代,1996年我第一次在《花城》上发表了短篇《少年杨淇佩着刀》。这之后,我的文学生涯基本顺利,开始在各大期刊发表作品。《小说选刊》是我心目中的殿堂。我有一个隐秘的心愿,希望有一天,自己的作品被《小说选刊》选载。

1998年对我来说是一个重要的年份。那一年,我的短篇《乡村电影》和中篇《到处都是我们的人》发表,很快被《小说选刊》选了。当年,《小说选刊》选作品不通知作者,我最先是在《文学报》所刊发的目录上看到自己的小说被选了。我非常高兴。

我当时生活在宁波,几乎没有文友,一个人默默写着小说。那时候浙江文学界不像现在这样,有如此众多的年轻作家,李杭育、余华等早已成名,余华之后,是一个长长的断层,放眼望去,几乎没有有影响力的年轻新锐,王手、吴玄和钟求是也是后来的事。孤独感当然是有的。我一直认为作家和作家之间不是竞争关系,而是相互照耀的关系，只有群星璀璨，才会令每一位作家强大，成为不可忽略的整体。所以，我特别为今天的浙江青年作家高兴，今天浙江的 70 后、80 后作家数量之多，创作力之旺盛几乎是现象级的。

我不知道是谁选了我的作品，后来我看到了刊登我小说的那期《小说选刊》，看到我的选稿编辑是冯敏先生，他还对我的小说做了点评。

我后来认识了冯敏，是在几次会议上匆匆见面的，和他并无深交，如今他已从杂志社退休，但我心里一直记着冯敏先生的帮助。

一个人不是一步走到现在的。在我写作生涯刚刚起步的时候，《小说选刊》的关注无疑是莫大的鼓励。作家的成长需要外界的确认，这种肯定是多方位的，有些来自读者，有些来自朋友，有些来自批评界，有些来自获奖。一个个体无法强大到可以忽略外面的一切，在没有外部认可的情况下，一个作家创作激情的持续是一件困难的事，也是难以想象的。外部的鼓励激发写作的自信，让作家不断开掘自我的潜能。

1998 年，我获得了浙江青年文学之星奖。我最初不在初选名单上，因为有评委在《小说选刊》上看到这两篇小说，认为我至少应该是候选人，然后就有了一个极富戏剧性的结果，我获奖了。我被媒体描述成黑马。这件事也确立了"文学之星"奖项很好的一个传统，在后面的几届评奖中，经常会有黑马出现。如今这个奖已评出二十位文学之星，回过头去看，这二十位文学之星确实已成长为浙江文学的中坚力量。

现在是 2019 年夏天，那已经是二十一年前的往事了，回忆起来鲜亮依旧，仿佛就在昨天。从前的日子是美好的日子。这些记忆对别人并不重要，但对我意义非凡。

《小说选刊》选过我不同时期的作品。我写作最多的那几年，《小说选刊》也多有选发我的小说，或许我个性比较不善交往，我在饭桌上见过秦万里先生和崔艾真女士，见过后就山高水远了。

宁波的文学活动多了起来，经常请各家杂志来宁波开笔会。那时候王干先生去了《小说选刊》，和他这位批评家是老朋友了。我记得有一年，王干和付秀莹来宁波参加文学周，付秀莹相当腼腆，见人总是微笑。几年后，付秀莹出新书到杭州来搞活动，我给她站台，付秀莹已经非常能说会道了。

现在徐坤去了《小说选刊》，命我写这篇文章。

有一件事想起来还挺有趣的，和《小说选刊》也有点联系。《收获》无疑是中国最重要的文学杂志之一，《收获》的体制也是走市场的，他们的工资来自刊物的发售。《收获》对各种选刊几乎同步选载作品有意见，觉得影响他们的发行，程永新先生想组一个原刊拒载联盟。有媒体发起了一个调查，也访问了我。我当时是这么回答的——

> 目前中国文学期刊相当多，每个省三到四份，那样全国就有一百多家刊物吧。从市场的角度看，这些刊物可分两

类：一类是有市场的，如《收获》《当代》《十月》等；一类是无市场的，大多数省市级文学刊物基本上无市场。选刊对有市场的原创刊物会有一定影响，没有选刊，《收获》《当代》等或会有更多读者；对没市场的原创刊物来说，他们不会太介意选刊，这些刊物并不会因为没有了选刊而忽然变得有市场。

我曾在《文学港》做过编辑，知道地方文学原刊有一种心理，希望选刊能选其所刊发的作品，以提高刊物的影响力。因此我猜省市级地方原刊大概不会加入拒转载联盟。

选刊和原创根本性矛盾也不存在，但需要有一定的游戏规则，比如选刊要给原刊一定的时间差、要得到作者和原刊的同意、转载稿酬要规范化，等等。在这些问题上达成一致应该不是太难。

地方文学期刊不管怎么变，大约都不会有什么市场了。当然，文学期刊本身确实存在很多问题，有观念上的问题，有对文学本身的理解问题，我觉得确实存在一种僵化了的文学期刊办刊传统，全国的文学期刊基本上是千人一面。现在倒是有一些新文学刊物，像笛安主编的《文艺风赏》之类，就不再在文学期刊的框框内打转了。我觉得不管地方文学刊物有没有市场，但一定要办得"野生"一些，办出自己的个性。

2019.9.2

一个在文本里独裁的王者

毕飞宇身上有一种在我看来极为珍贵也让我极为羡慕的东西——他对某些事物有着决绝的态度。只要是他认定的,他总是有足够的意志力去达成。我第一次见到他就感受到了他的这种气质。那是 2001 年北京青创会上,他的《玉米》刚发表,好评如潮。那次会议,《玉米》是私下里的话题,《玉米》里有些机敏的话语,因为带着性的色彩,成为大家的"典",相互调笑。他一定感受到了空气里充满了对《玉米》的赞美之词,几乎独来独往,一脸严肃,看起来骄傲得不得了,目光里有王者之风。

众所周知,毕飞宇至今没有手机。早几年他拒绝上网——当然现在他开始收发电子邮件了。所有人都拿着手机,有的还身怀两部,但这家伙却两手空空,不管怎么说,都有种异类的味道。而毕飞宇似乎习惯于做这样的异类,没有任何异类的恐慌,倒有些做一个反潮流英雄的自得。我对他如此拒绝现代科技,满怀好奇,曾当面问过他。他告诉我他是最早使用手机的人,还讲了后来不用手机的缘由。不管他讲得多么在理或深刻,我都认为现如今不用手机还是需要一点力量和勇气的。和这个世界存在适当的对抗似乎是他的乐趣所在。

不可否认,毕飞宇是有强者的心态的。我相信,在他内心深处,有一种把自己从人群中分离出来的愿望。这一点,他很像海明威。如海明威一样,毕飞宇有明星气质,可以说是个型男。他自认为是肌肉最发达的中国作家。当然有一天,他发现自己的肌肉比不过另一个作家王手时,顿时变得十分沮丧。在很多方面,他的好胜心无比旺盛,是一头西班牙公牛。千万不要去挑逗这头"公牛",他不惧怕将自己置于风口浪尖,比如像拒绝华语传媒小说家奖这类的事。

毕飞宇所有的小说,大约都可归结为一个"权力"结构。毕飞宇目光所及,人间的事物都是由"权力"所构筑。当然他的权力不仅仅是政权组织里赋予个人的权力,也来自人的意志力。比如在他的小说《玉米》里,处处可以见出毕飞宇的权力的目光,小说的事件皆因权力而起。王连方戴着权力的光环玩儿女人,玉米戴着王连方的光环和自身的心计同那些女人斗。玉米的命运起伏也皆因权力的变幻莫测。当然毕飞宇更厉害的地方是他发现了这种权力已作用于人的情感深处,成为人情感反应的重要依据,甚至是爱情的一种内在动力。在玉米的爱情里,与其说在与人恋爱,不如说在同权力恋爱,她爱的是那个飞行员而不是那个彭国梁。细究我们的情感反应,我们得承认权力里面确实有中国人的"幸福观"。幸福究竟来自何处? 我认为幸福感可能源于人心中的某种秩序感,这种秩序感往往是一种金字塔式的向上的形式,因此同权力关系密切。在皇权时代,中国人的幸福感,有很大一部分是皇权授予,受到皇帝的恩宠无疑是最高的幸福。这里面,大概有受虐机制存在。毕飞宇这种权力目光,即使在《推拿》这样一部关于盲人的小说里依旧是一个核心的观念,依旧是这部小说最大的叙事动力。

细想起来,《红楼梦》表面上讲的是大观园里男欢女爱、风月无边的故事,可真正构成小说叙事动力的都是权力。《红楼梦》这部小说的世俗层面上,权力无处不在。贾母在贾府当然是权力顶峰;贾赦和贾政明争暗斗;而宝玉的万千宠爱无疑也是权力的结果。你会发现,《红楼梦》中,不管是贵族还是丫鬟婆子,其间的种种是非,皆是权力幻化而成,每个丫鬟婆子的行为背后都可以找出一个权力的来源。当然曹雪芹最终说,那个权力的世界是毫无意义的,繁华如梦,一切荣华富贵皆是虚无,人世间最有意义的事是生命情意。

我相信,权力是毕飞宇的中心思想,是他看待这个世界目光中最有力的因素,这是他的力量和穿透力所在。他从中看到了人类内心最本质、最惊心动魄的壮丽景观,看到了人类梦想、爱、欲望背后赤裸裸的生命法则。因此,他可以把《玉米》写得如此彻底,如此残忍。毕飞宇有时候简直像鲁迅所说的真的猛士,"敢于直面惨淡的人生,敢于正视淋漓的鲜血……"。

在毕飞宇的小说文本里,他身上这种决绝的气质,化成了他强大的意志力。在他的文本里,一切都是秩序森然,他不能容忍失控。一切都被他妥帖地安排就位。我曾惊叹于《平原》的文字,如此巨大的篇幅,他打磨得字字珠玑,光芒四射。毕飞宇对文字的锤炼几乎到了苛求的程度。在他的语言里,你可以充分体会到毕飞宇的存在,体会到毕飞宇的精气神儿,看到毕飞宇式的目光炯炯和眉头紧锁,听到毕飞宇式的坏笑和讥讽。在文本里,他是一个独裁的王者,放眼望去,他希望他的文本像队伍一样整齐,没有瑕疵。

当然我们可以想象一下毕飞宇握有权力会是什么样子。我认为他很可能成为一个独裁者——因为他容不得这个社会乱糟糟的,容不得浑水摸鱼,容不得在他演讲时手机铃声大作。他希望这世界的水是清的,希望这世界秩序井然,人人各得其所。他又是个这么机敏的人,目光如炬,洞幽烛微,我想所有人都会怕他,最后他有可能成为孤家寡人,众叛亲离。所以我宁愿他在小说里成为一个王者,不准备投他一票。

2010. 8. 4

致徐衎[①]

亲爱的徐衎：

你好！

你在五问里提到你更趁手于写"边缘、底层、灰败、小人物"。确实，在你的作品中，我也看到你的这一面。我注意到你的作品里多次写"拆迁"，并且以此构成你小说的起点，一个戏剧性的来源。我自然会想，这里面大约隐藏着你生命中一些重要的经验。

我把小说定义为贮存及拓展人类经验的容器。经验对于一个作家来说是重要的，但能否从经验中飞升起来更重要。无疑你呈现了这一作家最为珍贵的才华。你的小说总能在庸常的底层生活中挖掘出诗性。你的文本一向相当蓬勃，对杂乱无章的生活的书写丰沛而具体，令人信服。同时，你不停留在对表面生活的

---

① 浙江青年作家。

219

叙写上。我看到你对人物关系的深入挖掘的能力,你可以在不可能的地方开出花朵,创造出一种场景感极强的人物各怀心思的充满张力的图景。这种绝处逢生的能力很迷人。

在《漆马》里,你展示了这种能力。为了拆迁能有更多的补偿,卢阿姨和丈夫假装离婚,而年轻的"她"成了一个假冒的妻子。"她"和卢阿姨一起洗澡时,卢阿姨看"她"的视线掺进了杂质变得软弱,而"她"辨出杂质有自惭形秽、羞愤、嫉妒。"她"和卢阿姨女儿睡在一起,一个星期没说话。夜晚破屋里充满了暧昧的气息,"她"的假丈夫在说梦话,对"她"信誓旦旦,他和"她"是"实意结合",卢阿姨彻夜失眠。"她"被卢阿姨女儿弄醒,两个同龄人畅想虚拟变成现实状况,"两个女人半夜疯笑,惊动了鸡开始打鸣,但天迟迟不亮"。

读到这些地方,我看到了深藏在叙述里的表情,你着迷于一种类似于滑稽的戏剧效果,人物的奇怪念头显得既合理又让人玩味,诗性在这些人物瞬间的缥缈念头间升起。因此,你和通常的底层叙事区分开来,你不甘停留在庸常的表面,而是破冰而入,发现生活和欲望的苍凉、易碎和悖谬。

作家是修辞意义上的创世者。我们的材料就是人间生活以及经验,但仅有经验是不够的,就像上帝对着泥土吹了一口气创造了人类,作家也需要一口气,我们用这口气激活我们创造的世界。这口气相当重要。这口气就是我们对这个世界的全部认知

220

和体验。

所有的故事，其实都是偷吃禁果的故事。伊甸园消失，生命不再照着上帝原初的样子发展，人类背弃了创世者，成了一个有自我意志的人，一个复杂的人。作家需要让人物偷吃禁果，让人物比作家走得更远。这是小说的智慧所在，也因此小说常常会道出作家的个人认知。

读《漆马》的时候，我有隐隐的担心，担心你控制人物，担心你的叙事会走向凶杀。你没有，你把握得很好。你很自然地让人物关系显得既紧张又松弛。这也是你特别的地方。你总是用日常细节处理人物的怪异行为和念头，让"怪异"稀释在芜杂的生活之流中，从而取得平衡感。

在结尾处，邵先生在朗读，朗读的文章写得好极了，有着五四以来小资产阶级的遗韵。我一度以为是哪个现代作家的散文，刚想百度一下，那位邵先生揭晓了谜底："这是我妻子给我的信，在1967年还是1968年写的。"

这个结尾很好，给小说提供了可阐释的空间。可阐释性对小说来说是无比重要的价值。

盼望你写出更多、更好的小说。

2021. 6. 5

当北北变成了林那北

那是 2002 年,我和北北成了鲁院首届高研班的同学。报到那天,吴玄一间一间去敲门,当然主要是敲女同学的门。敲开北北同学的门时,我也在。吴玄的形象是经常会被"朝阳群众"打量一番并怀疑一下的,再加上他一口语言暴力,我在他身边的形象简直立刻显得既君子又优雅。总之我觉得我是吴老师的反面。北北同学显然见过大世面,面对吴老师这个小"流氓",左一句"小孩",右一句"小孩",那口气翻译过来是,我是个成熟的人,才不同你们油腔滑调。北北那会儿也是如今一样的小脸,形象显然不是正宫娘娘的范儿,但精神上是正宫娘娘。她及时画出一条界线,拒绝"低俗"。

北北同学漂亮,身材修长,惹人注目,并且过着健康的生活。她经常在鲁院的一楼打乒乓球,极有运动天赋,常常把男同学打得落花流水。后来我了解到她打过篮球,不知是什么样的篮球队,校队呢还是市队,不得而知。那时候北北要搞文学,文学搞得严肃认真,谨守分寸。这一点简直和我一样。不过她听课比我认真,上课的次数也一定比我多。

半年鲁院学习结束,我们各奔东西。北北大约在鲁院得了真传,那之后写得又多又好。常常传来好消息,她的小说得奖了,她的书畅销了,她的作品改编成电影了。她的《请你表扬我》改编成电影后,广受欢迎,还得过金爵奖。北北的小说,当然有女作家的细腻,但同时带着体育健将的身手,弹跳和节奏都很好,有肌肉律动的感觉。鲁院是个神奇的地方,到那儿的人往往有一小部分会残掉,从此就不写了或很少写了。还有一小部分就像刚打出的油井,灵感如同石油吱吱地往上冒。北北是后面的一小部分。

后来,北北突然变成了林那北。我还是喜欢北北这个笔名,非常好,中性,易记。当然现在习惯了林那北,也觉得好。只是当时觉得那个叫北北的作家都已经这么红了,有谁会发神经再改成另外一个名字呢?我开始以为有什么高人给北北指点迷津呢,因为女人都极为相信那一套,往往极其敬畏神奇的深不可测的命运,也跟着敬畏号称能预知命运的人。有一阵子我很是替她惋惜。

后来我才知道,林那北这个名字和北北的父亲有关。她父亲希望自己的孩子姓林,而不是姓北。父亲的愿望是天大的事,也是件严肃的事,我料想北北一定经过一番天神交战。要放弃这么著名的"北北",等于放弃一个成熟的作家,让自己重新变成一个新锐。

我最初在《人民文学》看到林那北这个新锐作家,没想到是我的同学北北。当然文坛就这么大,马上大家都知道了林那北和北北的关系。新锐作家林那北还是继承了老作家北北的资产,在文坛,谁都没把她当成新锐。事情就这么简单,就像鲁迅有无数个笔名,一个作家有两个笔名算得了什么。

但是名字是有力量的。当北北变成林那北后,整个风格都变了。她开始画画了,画的是漆画。漆画我一点也不了解,想来工艺应该相当复杂。北北偶尔会解释漆画原理,我听不懂。她的画我是见过的,热情、朴拙、天真、强烈,有版画风格,只不过是有色彩的,并且还是纯度很高的色彩。

她向文坛能涂几笔的业余画家们给予热情的鼓励。比如我,如此拙劣的画作,竟然两次做了《中篇小说选刊》的封面画。中国的画家何其多,他们看到文坛这种套路,我猜,不但会昏过去,还会嫉妒死。她还给我们出了一套一半文字一半展示我们毫无章法的画作的书。这套书因为合作方出了问题,她毫不犹豫自己垫付了承诺我们的稿酬。我们事后知道这事,都觉得林那北是女侠,同时心有不忍。

林那北开始变得越来越像一个"晚熟的人"。她越活越天真了,越活越放得开,越活越不严肃,总之她越玩越嗨。她开始成了作家中少见的互联网达人。这也许同她有一个90后女儿夏无双有关。她主编的《中篇小说选刊》创办了一个叫"万众阅读"的平台，付费阅读，据传流量惊人。她说，纸媒是有价值的，但很多读者都到了网络，并习惯了网络阅读，纯文学一定要跟进。她简直像纯文学界的先知。春江早已水暖，偏偏纯文学一众笨拙的鸭子在岸边观望，不敢下水。只有林那北以身相许。

她开始玩抖音。我们去山西采风，她向我介绍火山版抖音。她说，上面都是美丽女人啊，很养眼啊。她帮我注册了一个号，我们相互关注。她是我抖音账号上至今唯一的粉。所以，我常常可以见到她发在上面的东西。工作兢兢业业、编刊严肃认真的林那北主编，在抖音上看起来很不务正业，给人的印象是她成天在祖国的大好河山里到此一游。拍大长腿美照，映衬着著名美景，配几句景点历史渊源的文字。有时候还会晒她跳的舞蹈，各种高难度动作，底子相当专业，让人觉得她明明可以靠脸蛋和身材吃饭，偏偏选择了才华。她自带流量啊，简直有当网红的潜质啊。那些景区都应该给她广告费。我觉得邀她去采风，可以免写采风文章，一个抖音的力量比小文章大得多啊。如果不让她写小文章，也许她一高兴还会多发几条抖音呢。

疫情期间我突然受伤，不敢去医院，结果肩部发生了问题。资深肩周炎患者林那北一眼看出我的隐疾，被她一顿嘲笑后，我们就讨论关于肩周炎的问题和治疗方法。偏方是免不了的。龙一在一旁听了半天，忍不住插话过来，说，治这个病有一个方法，就是每天拿电吹风往肩部吹半个小时，保好，不复发。大中国民间偏方真是很多。每一种试一下的话那得好几年。抖音真是吓人，我们这样聊过后，那天晚上每刷十个美女，都会跳出来一个肩周炎的广告，让我觉得自己像被监控了一样。

我想起2002年在北京认识的北北，那时候她想过自己会这么不严肃吗？她那时候画出的那条界线一定还是在心里，只是以另外一种方式呈现了。我发现，当北北变成林那北后，她和吴玄特别玩儿得来，林那北大概也明白吴老师嘴巴痞，心灵其实不痞，对文学还很严肃，她从此也不再叫吴玄"小孩"了。总之，我认为林那北已经变成了一个心理上更年轻的人，一个引领严肃文学界时尚的人，一个大俗大雅的人。

2020. 12. 1

飞马是缪斯的坐骑

1966 年出生的作家似乎特别多,李洱、东西、吴义勤、施战军等都出生于这一非常之年。这一年是马年,仿佛万马奔腾,有一部电影叫《沸腾的生活》,这题目用来描述那时的情形最恰当不过。

我晓事时已是 1970 年代,那时暴风骤雨已经过去,不过斗争的方式依旧在延续,只是社会气息已不像最初那样疯狂了。日常生活有其不变的永恒性,它足以消解任何事物。

同是马年出生,见到了毕竟有一种天然的亲切,好像有一种共同的纽带把彼此连在一起。有一次在杭州,一帮朋友坐在西湖边闲聊。我和东西聊起各自生日,同是三月出生,东西比我大十天。然后东西带着他特有的机灵的口吻说:

"我研究过了,得诺奖的人中三月出生的最多。"

当然是自我解嘲,玩笑而已。

在十二生肖中,马应该是最具审美特质的动物。

古今中外的史诗中马儿几乎成了主角,每个英雄都有一匹宝马,它们体态雄健,驰骋万里。在那些描述英雄的油画中,马儿姿态俊美,把英雄衬托得高比天空。很难想象矮个儿拿破仑若不在腾空跃起的马背上,他在一帮高大的士兵中间会是什么样子。

虽说有公马和母马之分,但作为审美的马儿天然地是雄性的。就是在儿女情长中,马儿也被赋予男性品质。女孩子把梦中情人叫作"白马王子"。那个叫白马王子的男人身边有一匹马吗?好像没有。白马这一意象此时作为一个男人出现,只是诗意的替代品。当然这个梦中情人身边也可以有一匹白马,作为恋爱中的动物,这时候马儿虽是雄性的,但似乎带上了某种阴柔的风情,它应俯首温存,不会腾空跃动。

演哈利·波特的小演员丹尼尔·雷德克里夫一转眼就长成了小伙子。成年后他去演了一部颇具争议的电影,讲述一个帅哥和一匹白马的畸恋。我没看过这部电影,但关于人和马之恋在艺术作品中出现应该不是第一次,它其实蕴藏着人类隐蔽的愿望。在古典油画中,马的肌肤光洁如女人,起伏的线条充满美感,但又比女人来得有力量。所谓的人马之恋可能只是男同性之爱的一个变种。这里面把对神及英雄的崇拜和内心的柔情杂糅在了一起。

如果不是在现实中,人和马之恋还是有美感的。但我们很难想象人和一只老鼠恋爱。我们对待世上的事物总是带着审美目光。美这种东西于我们人类似乎是先天的，我们认为花是美的，落日是美而伤感的。我们的感官几千年来已训练出一种特别的能力，可以不用知识仅靠本能就能够感受到美丽的事物。

我在长篇处女作《越野赛跑》中写到一匹神奇的马，它的灵感来自我的童年经验。1970年代一个阳光灿烂的日子，一位解放军骑着一匹白马从我们村庄奔驰而过。那是我第一次见到马，它以令人炫目的美留在我的记忆中。后来我把它写入了小说，是这匹白马把我小说里现实的村庄和神话的天柱联结在了一起。它驮着主人公创造了不少奇迹。

马年就要到了，此刻我的脑中掠过无数的古典名画。在那些油画中，飞马佩加索斯是缪斯女神的坐骑。画中马儿长着翅膀，仿若天使。我希望马年像马儿一样是美好的，而我的同行们总有缪斯相伴左右，灵感不绝。

2013.12

辑五

吴盐胜雪

　　杜海先生是很晚才到饭局的。我们都等着他。桌上陆陆续续端上一些扬州菜。我看见一盘扬州盐水鹅，很诱人。下午看了半天的风景，我确实有点饿了，但那个叫杜海的人还没来。主人也没有开席的意思。我们闲聊着。主人在轻声细语介绍扬州盐水鹅。她说，扬州水系发达，是养鹅的好地方，如果说鸭子是高邮地道，那么白鹅当数扬州最好。我有些走神，我想起白天陪同我们的女士在介绍那个修筑个园的盐商黄至筠时也是以吃开头的。她说每天早上黄至筠吃的一只鸡蛋值一两银子，因为生蛋的那只鸡是用人参、白术、大枣喂养的，生出来的鸡蛋不但营养丰富，而且味道鲜美。个园当然是中国私家园林中的极品，每一处都精致如画，可对一个吃货来说，鸡蛋似乎更接地气。带着对那个值一两银子鸡蛋的想象，我看到在个园巷子的尽头，两棵树的细叶在夕阳下发着金色的光泽。

另一位先生告诉我们这地儿叫小玲珑山馆，是著名的"扬州二马"的私家宅院。一些记忆从遥远的深处飘浮过来。我似乎在一本书上读过二马的故事，马曰琯、马曰璐兄弟俩在小玲珑山馆修筑了一座藏书楼，当年乾隆修四库全书，很多孤本都出自这个书楼。我不确定。我问，我们住的南街书局是原来小玲珑山馆的旧址吗？得到肯定的回答。我有些吃惊，大约主人认为我们是文化人，特意安排住在这个地方。我记起来了，大堂书架的两边，挂着金农的字和郑板桥的竹，当然都是复制品。关于扬州的文化符号中，扬州八怪是醒目的存在。我闲时也画点小画，金农的画是我喜欢的类型，超脱了国画的匠气，构图十分现代，有出其不意之妙。我们住在其中的一个小院子里，南面有一个可爱的小天井，有供休憩闲坐的桌椅。可惜是冬天，室外毕竟有些寒冷，只好站在房间的窗口，对着天井拍了一张照。

杜海先生是带着高八度的声音进入包厢的。刚才的轻声细语不复存在，满屋子都是杜海高亢的声调。整个饭局他几乎没吃什么菜，也没喝酒，只顾着说话。没一会儿，我就知道我碰到了什么人。扬州的掌故似乎都在他的脑子里，好像他有义务让我们这些匆匆过客懂得扬州。我想起在宁波时，也碰到过类似的人物，讲起宁波的古老历史和传统来，也是一脸红光，声调激昂。我称这样的人为乡贤。

耳边都是杜海的声音。他说明天还会来陪我们。伴着他滔滔不绝的说话声,我默默吃着扬州菜。刚才主人说扬州盐水鹅的制作方法,汤料基本都是陈年老卤,配以全天然植物香料和滋补中药,方子都是祖传的,煮制过程更注重火候,因此色、香、味、形俱是上乘。我夹了一块,送入口中,顿觉味蕾如触须般扩展,满口生津,肉质瓷实而鲜嫩,有淡淡的香味生出,仿佛口腔中吹入一股清新和暖之风,身体随之舒展。

作为客人,我当然也不能只顾埋头吃,礼貌上需要和主人客套寒暄。我不善于无话找话,不过杜海的存在大大地缓解了我的焦虑。至少这个冬日夜宴,扬州因为杜海的存在是热气腾腾的。杜海的大嗓门有一种安神作用。我听到他在谈盐商。众所周知,扬州曾经的繁华和盐商有关。这个话题于他应该是十分老旧了,或许是因为过分浅显,他说得没什么激情。吴盐胜雪,带来白花花的银子。旧时商人不能高调,排场只得在吃上做文章。于是有了淮扬菜名扬四方。我脑子闪过一个念头,盐作为一种味觉,似乎与食物有着隐秘的关系,扬州注定因为盐而发展出自己的菜系。

我吃到的扬州菜几乎都很嫩。比如这会儿端上来的蟹粉狮子头。我看到蟹粉如一颗一颗的细玉米镶嵌在狮子头上。主人悄悄跟我说,扬州普通人家里也做狮子头,食料没饭店丰富,但功夫也是讲究的。狮子头要文火炖上一晚,炖得色泽饱满,烂而不散。蟹粉狮子头吃起来爽口软糯,酥烂清口,蟹粉鲜美,食后齿颊留香。

我得承认，当我吃扬州美食时，我的舌头比我的文字要灵敏得多。当舌尖上唱起味觉之歌时，我难以完全描述出来。每一种艺术都有自己的语言系统，我们不能完全用文字去描述音乐，也不能完全用文字去描述绘画。美食也是。人身上每个感觉系统都可以发展出属于自己的艺术。如果说音乐是听觉的艺术，那么美食即是味觉的艺术。而扬州菜把味觉艺术发展到了极致。

杜海还在说扬州的旧事。现在他说到了《全唐诗》。只有这种话题他的声音才又洪亮起来。有那么一刻我担心这木结构屋顶会被他的声浪掀翻。白天我们已去看过天宁寺，《华严经》最早就是在这个寺院里翻译的。曹雪芹的祖父曹寅奉旨在这里刊刻了《全唐诗》。据传，天宁寺最早是谢安的别墅，这让我感到亲切。谢安在我老家上虞隐居过，成语"东山再起"中的东山就是我的老家。那儿也有他隐居过的别墅，现在成了国庆寺。谢安住过的地方怎么都变成了寺院呢？因为风水好吗？

扬州在杜海喧哗的语调里变得曲折幽深起来，似乎这一刻我听到了繁盛时期的扬州昆曲，婉转柔美，带着某种梦境般的媚惑，让人心醉。

所有的菜都上齐了。美食在我的味蕾欢跃，我由味觉想象扬州，想象扬州城独有的文化以及历史，想象扬州人悠闲而缓慢的生活。"做菜要有心，才会有美味。"馆子的大厨师这么说。这其实不是在说做菜了,而是在说一种人生态度。

杜海似乎不满足于我们赞美味蕾所呈现的那个世俗的扬州。他认为扬州有更值得我们赞美之处。他的热情几乎是霸道的,他一定要带着我们夜游扬州老城。他一个人在前面走,巷子很黑,昏暗的路灯恰到好处地契合着老城的幽灵般的气息。我知道,真正的扬州在老街小巷深处。

然后,我们在史乐巷见到了朱自清的旧居。杜海带我们绕道到了后门,后面有一棵苦楝树,一根粗大的凌霄藤虬紧紧地缠绕着树干,苦楝树的边上是一口水井。杜海指了指黑暗中的树,说朱自清先生去世已六十七年,但这两棵树依旧活着。

我抬头望向树梢,看到扬州城的天空有星光闪烁。

2015. 12. 3

在福州,遇见杰出的灵魂

第一次到福州,但感觉上一点也不陌生。浙江和福建,山水相连,虽然民风有异,但彼此联系紧密。行走在三坊七巷古老的石板路上,满目是明清时期的建筑,园林戏台,茶社书店,千年沉着,宠辱不惊,感觉十分江南。在一个城市的中心,拥有如此壮观的老建筑群,令人感动。在千城一面的今天,福州因为三坊七巷被区分出来,有了自己清秀的面孔,有了深厚的人文根基。老建筑里藏着中国文化的心。我们穿着洋装,偶尔喝杯咖啡,但茶依旧是我们的日常。

从三坊七巷走出来的名人之多,也让人叹为观止。有一部电影叫《在世界的转角遇见爱》,在这里,几乎每一个转角都可以遇见杰出的灵魂,灵魂的背后都有着和我们沉重的历史休戚与共的故事。林则徐虎门销烟,是中国近代史的开端,中国的现代性由此开启。自然,就有了沈葆桢这样的洋务重臣,他在总理船政大臣任内,重用西方人才,聘用了在宁波海关税务司谋事的法国人日意格任船政监督,并在福州马尾造船、练兵,组建福建水师和南洋水师。作为林则徐的女婿,他脚踏实地、不遗余力地践行"师夷长技以制夷"。

中国的现代性就是全面向西方学习的进程,严复作为沈葆桢福建船政学堂的弟子,留学英国,企图探寻西方真理,他的启蒙思想对中国影响深远。特别是他翻译的《天演论》,使进化论思想在中国广泛传播。进化论可以说是五四时期新文化运动的支柱思想之一,是"五四"先贤决定和中国传统文化决裂的思想武器。不论对错,在今天的中国,进化论依旧影响着中国人的思想路径。

一个灵魂承载着另一个灵魂的使命。洋务运动失败了,君主立宪也失败了,革命者揭竿而起,从三坊七巷走出的林家后代林觉民成了同盟会的成员,在写下绝笔《与妻书》后,与族亲林尹民、林文随黄兴、方声洞等人参加广州起义,受伤被俘,从容就义,成为黄花岗烈士。在作为反叛者的林觉民身上,我们依旧可以看到先行者的思想及其逻辑。三坊七巷的屋檐下,始终栖息着一颗颗忧国忧民的心。

我曾在宁波生活二十多年,发现福州和宁波的近代历史是如此相近。中国的近代史,西方列强环伺。在福州马尾,有过和法国人的马江海战。在宁波海面上,有过和英国人的定海之战。后果当然是签订一系列的条约,福州和宁波共同成为五口通商口岸之地。福州鼓岭有一个外国人的居住地，到处都是西洋别墅，最多时住着数千洋人。山上有洋人自办的教堂、医院、运动场、游泳池、万国公益社等公共建筑。在宁波的三江口，一个叫外滩的地方，也有这样一个社区，至今法国人建的教堂还耸立在甬江边，当年的洋房已改造成一个商业街区。这样的外国人社区相当于现在遍布欧美各国的唐人街了。

历史是吊诡的。风云变幻的历史成就了一批杰出的灵魂，其中不乏失败者。失败同样也是历史进程的一部分。当年的屈辱之地，比如鼓岭，如今成了开放的象征，成了一个旅游景点。这看上去很像一个矛盾重重的中国近代史的隐喻，一个急剧变换的时代的精神缩影。

另一个从三坊七巷走出来的林启，在任浙江道监察御史期间，政绩斐然。在现代性的大背景下，他创办了三所学校，分别是求是书院、蚕学馆、养正书塾，即现在的浙江大学、浙江丝绸工学院、杭州第四中学的前身。他开了浙江现代教育的先河，一手创立了大学、职业学校和普通中学。

杭州有一个美好的传统，对事功大者，总要想方设法把他的墓地修在西湖边。林启死后，其后人欲将其遗体运回家乡福州安葬，杭州人则要求把他留在西湖，双方争执不休。最后，杭州人拿出林启生前有"为我名山留片席，看人宦海渡云帆"的诗句，林家子孙才同意将其安葬于孤山北麓。墓旁为今日的孤山林社。

我试图在三坊七巷找到林启的旧迹。没有找到。这个从福州走出来的进士带着他沉重的忧思，把全部心血献给了我居住的城市——杭州。我看到时代意志在他身上的痕迹，看看他起的学校的名字，无论"求是书院"还是"蚕学馆"都是中国式的。中国的现代之路，始终和传统有着纠缠不清的联系。

2017年岁末，行走在福州，行走在三坊七巷，我遇见诸多杰出的灵魂，他们如今依旧在空中回荡，响彻在中国现代化的路上，留下了宝贵的精神遗产。这整整四十公顷的老街已被高楼大厦所包围，安然于城市的中心。这似乎是一个象征——在中国现代化进程中，我们依旧需要自己的传统，需要一颗中国心。

2018.1.6

五更水

　　浩坤湖周边的村落，经常能见到用石块垒起来的水池，当地人把池中的水称为五更水。他们说，五更水就是天上落下来还没着地的水。我觉得这名字好。五更水，就是天水，透着神圣的气息，似乎这水带着宇宙的精华从天上落下，和凡尘之间隔着一垒石墙。

　　好的风景也是一样，好风景虽是地上生长出来的，却也似天上掉下来的，是人间的稀有之物，要想得见，需要山高路远，长途跋涉。比如眼前的浩坤湖，它远在广西首府南宁的西北，需要漫长的旅行方可抵达。在群山的环抱中，浩坤湖如珍珠一般。

　　在凌云，到处都是山。这个古老的县城也被群山环绕。瞭望天际线，需要四十五度地仰视。天空是蓝的。深深吸上一口，好空气正从群山的绿色中带着充沛的负氧离子进入肺部。

　　坐在浩坤湖的游船上，也是一样的感觉。空气不但从我们的呼吸系统滋润着肺，也从毛孔进入身体。这一刻，我有一种双重的净洁感，负氧离子仿佛在给远道而来的我们洗尘。

通常，人们会注意阳光和水，不会感到空气的存在。只有在两种情况下，才会想起空气：糟糕的雾霾天，人们会看见空气；美好的天空，也会感到空气的存在。在凌云县，我们被好的空气包围，仿佛自己因此成了世间最干净的人。

我看到浩坤湖中的岛，很自然想起了杭州千岛湖。虽然浩坤湖不及千岛湖那般广大浩渺，但它的名字有气势，浩坤湖，浩浩乾坤之湖啊，好像寓意着天地万物都诞生于此湖之中。

浩坤湖的精妙是显而易见的。首先是四周的山体，几乎像一棵树一样，坡度极陡，立在湖边。凌云都是这种陡峭的山体，它被称为喀斯特地貌，那些裸露的石块，有着优雅的线条，仿佛千年之前，有位丹青高手，不经意在山石之上勾画而成，长短粗细、繁简疏密、浓淡虚实，充满节奏之美。而山石之中那些顽强生长的植物，更是点睛之笔，使得山体顿时有了灵动之气。

最令人难忘的还是浩坤湖的水。阳光很好，湖水泛着青绿色的波光，看上去像一块纯净的翡翠。在《圣经》里，犹太人把迦南称为流着奶与蜜的地方。在浩坤湖，则流着液体一般的翡翠。

浩坤湖的水来历同别处不同，可以说非同寻常。它的源头在青龙山的澄碧河，澄碧河的水是从水源洞喷涌出来的。这一脉水流过凌云县城，然后钻入地下，在地下潜行五公里后，终于露出地面,形成了现在的浩坤湖。

天上的事物天生带着神圣的气息,神居住在天上,在苍穹之上俯视人间。而地底下同样是神秘的、充满想象的。那是精灵古怪出没的地方,也是天上的神被逐出天界的居所。于是便有了众多的传说。天上的仙女落在凡间化身为秀美的山体,另一些仙人则择邻而居,化为双峰后,在湖边或对弈,或品茗。这些传说,同样滋养着凌云的山水。

在那一脉碧水钻入地下的彩架村,有一座独山,有奇泉。传说独山是仙女的化身,那两泓泉水是她的清纯乳汁炼化而成,而潭水则是她的下体,因此潭中的水每年定期会变成紫色。那简直就是万物之母的象征了。

神不但在天上,也在人间,在地下。

从这个意义上说,浩坤湖的水,虽然落入了大地,也是圣水,也可以叫成五更水。

在汉语的修辞里,石头表示坚硬,水则表示柔软。在古老的周易学说里,石头代表阳,水代表阴。只有阴阳调和的世界,才是和谐的、完满的。

难怪在凌云人们都这么长寿,有那么多百岁老人。这是一个元气充盈的地方,是一个天地精气蓬勃生长的地方。

2018.5.22

潮之州，大海在其南

第一次知道饶宗颐先生是多年前在画家王大平的画室。他的画案对着一幅水墨肖像作品，题款为"国学大家饶宗颐先生"。王大平用了极简的手法，整幅画只有饶先生一张专注的布满皱纹的苍老而不乏童趣的脸，然后从左下部横空伸出一只手，一只握笔的手，然而连笔也省却了，手和身体几无连接处，却让观者感到和人物浑然一体，感到饶先生书写或作画时的神态。

一颗清癯的头颅和一双苍劲而柔软的手，几乎概括了饶先生身体最重要的部位。在这颗大脑中装了太多不为公众所知的极为冷门的知识，而那握毛笔的手创造出了一个为人们熟知的视觉世界。这是王大平神来之笔，他显然对饶宗颐先生极为了解。饶先生毕生研究东方艺术，而东方艺术的精髓不在繁复，而是在简约中展示复杂性，画气不画形，意到笔不到。

饶宗颐先生是潮州人。这次去潮州，我对饶宗颐先生已有相当的了解。他曾是我们杭州西泠印社第七任社长。他之前的社长是启功先生。启功先生仙逝后，这个职位空缺了六个年头。饶先生当选社长可谓众望所归。

西泠印社创建于清光绪三十年，以"保存金石，研究印学，兼及书画"为宗旨，一百多年来自成独特而深远的传统，具有国际性的影响力，历任社长吴昌硕、沙孟海、赵朴初等都是精通各类学问、德高望重的名宿鸿儒，西泠印社因此对社长的遴选有相当严苛的标准。饶先生逝世后，至今西泠印社社长之职空缺着。

作为一个居住在杭州的人，这次到潮州因为饶宗颐先生的存在而倍感亲切。从机场去住地的路上，接我的小余一直在讲潮州的民风以及宗教。潮州人讲的是闽南话，他们是广义上的闽南人，其祖先应该是西晋战乱时北方家族"衣冠南渡"迁居至此的。至今潮州人的方言带着古音。什么样的语言当然会生出与之相同的文化连接，这里的人拜妈祖和各种各样的"老爷"。每个村子都有一尊老爷，是各种各样的神，有拜关公的，也有拜孙悟空的。小余说，要是村子里死了人，这家人就要去老爷那儿报备，报备是葬礼必不可少的仪式。在潮州人的信仰里，死后亲人的灵魂都归老爷管。这种信仰更多传承了道教传统，当然在中国道释一般是相互融合的，并不那么泾渭分明。潮州人的这一文化特色，历经朝代更迭，今天依旧得到完好的保存。

为避战乱而迁徙是迫不得已，但即便是战乱也不是人人愿意迁徙的,这些迁徙者的血液里必定带着某种冒险的基因。迁徙之地山高水远,生存环境一定不会太好——好地方早已被人占了。在偏远地带,要生存便要拓展,潮州面朝大海,潮州人便拓展到东南亚一带去了。如今天下潮州人分成两半,一半在海外,一半在潮州。海外的潮州人一样完整保存着自己的信仰,保存着自己的文化传统。

自然问起潮州城是否还有饶宗颐先生的旧居,小余说,饶宗颐先生就出生在潮州旧城,现有饶宗颐先生学术馆,是新建的。又说,大商人李嘉诚也是潮州人。小小的潮州城,出一文一商,成了各自领域的翘楚,看来是人杰地灵之所了。

在潮州的饶宗颐学术馆可以得见饶宗颐先生的学术成就。饶先生从小聪颖好学,十二岁就写出"山不在高,洞宜深、石宜怪;园须脱俗,树欲古、竹欲疏"这样的风雅对联。十六岁开始续编《潮州艺文志》。二十岁作为主修者之一编纂民国时期的《潮州志》。之后,学术生涯从未间断,先后贯穿六十余年。他的治学领域包括甲骨学、简帛学、经学、礼乐、宗教学、敦煌学、目录学、艺术学、诗词学、楚辞学等十四个门类。在首层展厅上,立着一个醒目的"饶宗颐先生学术研究上的五十项第一",其中包括目录学上率先编著词学目录和楚辞书录,治楚帛书之第一人,率先把印度河谷图形文字介绍到中国,首辑《全明词》,首次编录新马华人碑刻、开海外金石学之先河,等等。他还懂得八种文字,包括近乎"天书"的巴比伦古文和印度古梵文。这些学问和成就的艰深程度不是公众可以了解的。这种曲高和寡的学术旅程没有一颗沉静的心,没有坐破冷板凳的意志,恐怕是难以做到的。

沉静的心需要一个安定的环境。在饶宗颐先生的学术年表中,我注意到一个时间点,1949年在《潮州志》出资人方继人的挽留下,饶先生定居香港。这成为饶宗颐一生的转折点,一生潜心于学术研究。他的同乡李嘉诚去香港要早得多,1939年,刚读初中的李嘉诚与家人辗转到香港,最初一家人寄居在舅父家里。直到1953年李嘉诚才开始投身到房地产领域,开始他作为商业奇才的传奇人生。

二层展厅有很多饶先生书画真迹。中国书画的神奇之处在于寥寥数笔便可见出一个人的修为、学问以及个人心性。从饶先生的这些丹青中,我们可以见出一颗慈悲安详的内心以及高古质朴的审美品格。

香港成就了李嘉诚,也成就了饶宗颐。就如饶宗颐日后回忆所说:"香港这个地方,从地图上看,只是小小的点,但是它跟中国学术的关系实在是非常大的,跟我今天的成就也有非常大的关系。我经常说,是香港重新打造了一个饶宗颐。"

潮之州,大海在其南。一代一代的潮州人,一路向南,穿越海洋讨生活。而饶宗颐和李嘉诚只是他们中的杰出代表。还有很多潮州人,他们在异地开拓着自己的生活,但他们的共同之处是身处异地总是回望故乡,这或许是他们总是习惯于自己的美食、永不丢弃自己的传统的原因。

在饭桌上,有潮州人说,潮州这地方很奇怪,潮州人在本地是一条虫,到了外面就是一条龙。许多别的地方也有类似的说法,那些地方的人同样抱怨本地人在本地的不出息。这话其实不完全准确。一个地方资源毕竟有限,人只有面对更大的舞台,才会有更大发展的空间。好在潮州人的血液里有一种祖先带来的闯荡气质,大海也为他们提供了无限的梦想和可能性。

2020.8.23

美好的事物值得纪念

到临海前，一路上想到的是朱自清先生。

我是在白马湖春晖中学读的书。1924年朱自清先生在春晖中学教书，教的是国文。当时，春晖中学聚集着一批那个时代的文化名人，可谓灿若星河，叶圣陶先生教国文（后来看到叶圣陶先生编的国文课本，可以见出他自然真挚的国文教育理念），丰子恺教美术和音乐（春晖中学的校歌便是丰子恺先生作曲的），朱光潜教英文，另外李叔同、蔡元培诸先生也会到春晖客居讲学。我到春晖上学，在校史馆看到这些先生的手迹，在课本上读到他们的文章，感到斯人虽已逝，但春晖的空气中似乎留下了他们的气息，由此认识到艺术的永恒。我最初萌生的对文学艺术的热爱同认识这批文化先驱不无关系。

那个动荡的年代，也是个奇迹的年代，一切尚未确定，文化先贤既怀着理想，也为了生计，从事他们的育人事业，在一所中学里聚集,这在今天是难以想象的。

因着这份渊源,便感到临海的亲切。

1922年,朱自清先生在临海第六中学当老师。那时候朱自清只有二十多岁,他除了担任校图书室主任兼文牍(文书)外,还教授哲学、社会学、国文、国语、科学概论、公民常识、西洋文学史等课程。做这样的"文史通才",需要花费巨大的时间和精力。这和他后来在春晖中学单纯教授国文的风格完全不同,我想其中或许自有原因。那时他已是两个孩子的父亲,是出于养家糊口的需要吗?

朱自清在临海虽然只有短短的一年,但这一年时光对朱自清来说是重要的,就是在这里,他写下了他一生的代表性作品《匆匆》。"聪明的,你告诉我,我们的日子为什么一去不复返呢?"这个关于时间的句子,在日后的岁月中幻化出无数的化身,成为关于感叹时光的永恒句式。《匆匆》被收入教科书,这篇关于自然、关于美、关于感时伤怀的文章,滋养了一代一代的孩子,某种意义上成了他们日后和世界相处的方式之一——一种诗性的相处方式。

临海因为朱自清先生曾经居住过而骄傲。尽管朱自清先生是江苏人,临海决定以朱自清先生的名义设立一个文学奖。这既是对朱自清在临海时光的追怀,也体现了临海人一直以来对文化的接纳和包容的胸怀。

这种胸怀可谓源远流长。

在临海老台州府城东南角的巾子山脚下，有一座距今一千三百多年的古刹龙兴寺。中国历史战乱频仍，许多古老的建筑以及古刹免不了毁了重建的命运，有些建筑甚至只留在史书的描述中，不可复原。龙兴寺也不例外，寺院在抗战时期曾被毁坏。幸运的是，建于唐代的千佛塔历经千年，被完整地保留了下来。这座古塔，有着江南的精巧，气势虽称不上宏伟，但气象万千，是建筑群中最为吸睛的一个中心。千佛塔共六面，高七层，每面的每一层都设有佛龛，佛龛两侧有佛像排序，佛像宝相庄严。

唐天宝年间，佛法的传道者鉴真大师来到了龙兴寺。他一生中六次东渡扶桑弘法，在第四次东渡日本前，曾住锡于此。

我在参加朱自清文学奖活动期间，来到此寺。在龙兴寺的鉴真殿肃立良久。我想到的依旧是文化的弘扬以及交流。这和朱自清文学奖的设立存在某种暗合的关系。美好的文化从来不分国界。

龙兴寺高僧思托一直追随鉴真大师，"始终六渡，经逾十二年"。作为台州第一位赴日本的高僧，思托在日本传播律宗，弘扬创立于台州的天台宗教义，为天皇以下四十人受戒。不久在思托的努力下，日本僧人入唐求法，文化交流的大门为日本打开。

在龙兴寺，有一间专门纪念日本僧人最澄大师在此研习佛法、和中国僧人交流的殿宇。最澄在此受菩萨戒。他从龙兴寺学成回国,带回《法华经》及王羲之等名家碑帖拓本。回国后,他在日本比睿山传播天台教义,创立了日本佛教之天台宗。就此,临海的龙兴寺成为日本天台宗祖庭。历代日本佛教天台宗僧人及其信徒总会远涉千山万水来临海朝拜祖庭。

无论是鉴真东渡还是最澄取经龙兴寺,都是关于文明、信仰、文化交流的佳话,而临海以其开放包容的心态接纳了这一切,成了历史上最美好一幕的舞台。

对文化、文明的敬仰和包容的传统至今延续。在临海人心中那条人为的地理之线因文化而变得不再重要,重要的是文化本身,美好的事物值得纪念并传播。就像在 2003 年春天,我们以朱自清先生的名义、以文学的名义聚集在临海,我们行走在临海古老的街巷之上,感受到这座小城历朝历代伟大而宽广的文化使命。

2003.4.29 杭州

在抚州,我想到浩大的现代性进程

多年后,回忆抚州之行,可能印象最深的是资溪的野狼谷。在很多人的观念中,狼以其凶猛和野性著称,人与狼的关系出现在诸多文学作品中,是一个象征性存在。人面对狼时,能体验到恐惧,同时也可激发警觉,身体保持高度的敏感。虽然野狼谷的狼是从别地迁徙而来,是西伯利亚狼和西北狼,但我觉得资溪的这个项目十分有创意,符合人性。就像人们喜欢看恐怖片,人们也喜欢体验恐惧这种情感。

有意思的是,在中国的传统中,狼可以说是罪恶的代名词,狼被认为是贪婪的、残忍的、野蛮的、暴戾的。古人习惯于将邪恶、虚伪、狡诈等一切不好的品质与狼相联系。很多与狼相关的成语几乎都是贬义词,比如狼子野心、狼心狗肺等。

这就是现代人和古人的不同之处。

这种认识的差异同中国浩大的现代性进程不无关系。在抚州,私下里和朋友们聊得最多的一个词语是现代性。现在中国的一切可以说都是现代性的产物,无论政党制度、社会结构、管治方式,都建立在巨大的现代性框架之中。这个框架根本上源自西方。在现代性的规训下,我们的观念在悄然改变,我们理解事物的方式,看待世界的目光,更多地在运用现代以来西方的心理学、社会学、文化学等人文学科的方法。

现代性的影响是如此深远,有些几乎是颠覆性的。在中国,诗文传统根深蒂固,叙事艺术,比如小说和戏剧,基本上是难登大雅之堂的。士大夫们要么诗言志,要么文载道,小说或戏剧只是饭后的谈资,没有像今天这样崇高的地位。今天我们可以把一位演员叫成艺术家,在过去只能称为"戏子"。现代以来,叙事艺术的地位已经超越诗文。今天的中国,小说在文学界成为当之无愧的中心,戏剧作为文学的一种样式,同样备受关注。

所以,不难理解抚州为汤显祖所作的努力。抚州不但为汤显祖建立了一座巨大的纪念馆,在这个纪念馆里,我们可以见到全球化的视域,我们看到和汤显祖同时代的西方作家或戏剧家,比如莎士比亚,比如塞万提斯,并且以汤显祖为中心梳理了中国戏剧史。在纪念馆中心,还建了一个以汤显祖命名的剧场。在我们的传统中,士大夫以立功、立言、立德而不朽,现在汤显祖以他的戏剧、以讲故事的方式而成为抚州的英雄、一个独特的文化符号。很难想象在现代性以前,这一切可以成立。

在抚州的王安石纪念馆，我同样感慨良多。王安石曾在我生活了二十多年的宁波当过知县。在宁波，关于王安石兴利除弊、疏浚河道、改造东钱湖的故事至今还是美谈。我了解更多的是作为诗人的王安石，他写下的流传千古的动人诗句，"自缘身在最高层""爆竹声中一岁除，春风送暖入屠苏""春风又绿江南岸，明月何时照我还"。他是一个进入汉语日常语汇的诗人。对于我们这个有着漫长文明史的国度，一个诗人有一句话进入日常汉语语汇，对个人来说是巨大的成就，对汉语来说是杰出的贡献。在这个意义上，王安石在我心里一直是一位大诗人。

我知道他是一位变法者，用现代的语言说，他是一位改革家。我原以为历代以来对他的评价都是正面的，但在他的纪念馆里才知道，千年以来王安石作为变法者，后世对他多有负面评价。他提出的"天命不足畏，祖宗不足法，人言不足恤"，从某种意义上来说，确实和正统的儒学相违背。今天，我们可以从这个论断里见出朴素的唯物观，真理并不一定在大多数人手里等思想。这种思想确实超前了，他被历史所误解也是题中应有之义。直到现代性的到来，王安石对现实的启示才得以彰显。所以才有了郭沫若的评价，"在中国历史上受了将近一千年的冤屈的王安石，近年来已逐渐平反了。王安石不仅是一个政治家、文学家，而且是一位经学家、文字学家"。作为政治家的王安石地位的确立从某种意义上也是现代性的产物。

当然，现代性并非我们唯一的思考方式，作为中国人，我们的文明是如此深远，我们的基因中自带密码。儒学一直是正统，文天祥式的天地正气，是儒家思想的核心，对我们中国人的精神同样是有效的。江西人显然以文天祥为傲。在抚州，官员和文化人都喜欢提及文天祥。儒家思想中的浩然正气这一脉，在抗战时期中国将士的身上可以得见，在即将到来的战役中，在死亡的前夜，这些抗日将士写下的家书里面，回荡着文天祥式的"正气歌"。

同行的叶兆言先生提到文天祥式的人物在中国历史中太少，是个例，大多数汉人一旦北方的军队进来就投降了，转而跟着北方人攻打南方。这里面恐怕也有一个现代性的问题。如前所述，民族国家本身就是一个现代性概念。人是观念的产物。在民族国家的观念里，这个国家的一切都同个体相关，所以才有今日世界此起彼伏的民族主义大潮。但在现代民族国家以前，国家这个概念其实只是皇家的姓氏，国家和士大夫的关系更为密切，和普通庶民并无多大关联。因此才有文天祥面对忽必烈说出这样的话：我怎么可以同时服侍二姓呢？文天祥拒绝了忽必烈的招降，慷慨赴死。

也许这就是今天中国的两面性，我们既有现代性的目光，又带着自己伟大的传统，而这两者未必是兼容的。我们带着骄傲，带着重重的疑难，正用自己的方式和仪程走向未来。

2019.7.14

一路向西

湄潭无论如何是一个秀气的地名，有一种古典诗词般的意韵。走进湄潭城边的西来庵，庭院里竖着一块棕红色的木牌，上面刻着摘自琼瑶小说《菟丝花》的句子：

"罗教授，你知道一个地方，叫作湄潭吗？"

"我知道，那是个小县份，在贵州省，风景很美丽。"

"那是个黄昏，落日衔在山峰之间，彩霞满天，归雁成群，我在一棵大树下发现了江绣琳，支着个简单的画架，然后我再也离不开湄潭了。"

湄潭这个名字确实有着琼瑶式的浪漫底子，但我相信，当琼瑶决定把她的言情故事放到湄潭这个地方，一定还有更深层的原因，这个原因或许和当年浙大西迁有关。我猜想在琼瑶的亲朋好友中，或许有人曾是当年西迁师生中的一员。

当年，日本入侵，战乱不止，浙大的学子和教授们，只好在时代的巨浪中颠簸。他们几经辗转,行程万里,四易其址,最终选定了湄潭这个地方,一待就是七年,直到抗战胜利。而就是在这短短的七年时光里,培养出了如李政道、程开甲等世界级科学家及后来的五十多位两院院士。

西迁之路,犹如出埃及之以色列人,一路惊涛骇浪。总是师生们刚刚撤离,原校舍即被日本飞机炸成齑粉。而这部"出埃及"记的摩西无疑就是校长竺可桢。竺可桢先生肩上所担负的不但是一个个年轻的生命,更扛着一个民族的科学与文明。

竺可桢是上虞人,我的老乡。当我在西来庵看到竺可桢面容清癯的铜像,心里自然有一份多于别人的乡情。我站在铜像前,仿佛看到他隐忍面容背后的历史磨难。

在浙大西迁之路上,身为校长的竺可桢忙着到贵州寻觅校址,就在此时,远在江西泰和的夫人和次子身患疟疾。先是次子病逝,竺可桢的日记记载道:

> 今日下午八点,衡儿在泰和间余轩西斋,因患禁口痢去世,余于 25 日下午八时回泰和始知之,呜呼悲哉!

接着是 8 月 3 日,夫人张侠魂亦患同种疾病离世:

> 侠于上午十一点二十四分去世,悲哉!

要是没有战乱,必定不会有伤子之痛,亦不会有夫人的遽然离世。

然而这只是一个破碎国家无数家庭变故之冰山一角。当年

259

西迁的学生中疟疾流行,药品匮乏,医疗设施不全,死亡者不计其数。

庆幸的是,即便在最黑暗的时代,依旧会有鲜亮的日常生活以及鲜亮的人性,并且我相信,对日常生活的热爱,对美的渴望,以及对意义的追寻,最终会战胜任何无常和黑暗。

在湄潭安顿下来后,浙大的学子组织了各种各样的社团,有文艺社、画社、剧团等,他们还自己印行报刊,或发布国内外消息,或发表学术论文。

浙大的教授们也忙里偷闲,开始了他们的诗歌人生。1943年,就是在西来庵,苏步青、钱琢如等发起并成立"湄江吟社"。我的手上有当年浙大农学院培育的新茶制成后,众教授品茗的诗歌集。其中刘淦芝先生写下如下诗句:

乱世山居无异珍,

……

尝来玉露气如春。

诗成漫说增清兴,

倘许偷闲学古人。

还有这样的诗句:

静里浑忘人睡去,

醒来满地月光明。

战争无疑是血腥的,留下来的却常常只是几个抽象的伤亡数字。好在日常生活自有其永恒性，其中的明澈与恬静会穿越时空，照亮那黑暗的岁月。

因此会有琼瑶的言情流转。我相信，当年在湄潭，那些风华正茂的学子里一定会有美好的人间传奇，一定产生过不少的"罗教授"或"江绣琳"。

这当然有待于小说家们的想象。我愿意相信，即使身逢乱世，隐藏在岁月缝隙里的美好的故事远胜于历史的残忍。

据传，西来庵和大错和尚有关。大错和尚其实不是和尚，俗名钱邦芑，是一个身逢乱世的明朝重臣。他被任命为四川巡按兼提学，刚动身，福建已为清兵占领。他入川后，战守有功，屡受奖掖，但明朝的灭亡岂是他可以回天的，他只好削发为僧，寄情于山水之间。

时空在这个古老的寺院交会在一起，都是流亡者，共处一个民族的危亡时刻，心中多少有些绝望，却心怀不甘。

这也是中国文化的魅力所在。它可以令失意者暂时隐逸，忘情于山水之间，却时时心系国族，等待复兴的时机。

夜晚，我们住在号称天下第一壶的壶中。当然那是一家宾馆，建在湄江边一个孤立的小山顶上，其上可俯瞰整个湄潭县城。

其实我并不喜欢这类建于眼下这个超现实主义的建筑，这个时代的想象总是带着一些山寨气和草莽气，但我喜欢同行者黄咏梅发在微信上的一句话："住在这个大壶里，每个人都是一片茶叶,有的升起来,有的沉下去。"

　　人行走在世上,何尝不是如此呢？世事变幻,身不由己,如浙大先贤,即使身处乱世,亦能坚守书生意气,干出一番伟业。他们既能沉下去,沉到一个偏远的山乡之中,又能在精神上升腾而起,照彻时空。

　　他们犹若杯中之茶,茗香传世。

2013.6.3

人心即宇宙

在去福清的高铁上,我正在看一本与王阳明有关的书,湛若水在王阳明的墓志铭中写道:王阳明三十四岁前溺于任侠,溺于骑射,溺于辞章,溺于神仙,溺于佛事。在湛若水看来,这是王阳明创造"良知"说之前的误入歧途。也许湛若水在此想构建一个戏剧性的叙事,人生的转折带来生命升华。可细想起来,生命哪里会有什么突变,一切始,都是因,人生走过的每一步皆为因,才有最终的果。从这个意义上说,也许正是有了王阳明年轻时的"五溺",才有了后来所开创的"心学"。

1519 年,王阳明本来是要去福建剿匪的,在去福建的半路上,江西的宁王叛乱,他只好折返。他迅速平定了宁王朱宸濠之乱。我在去福清的路上读到这一段,还是感到亲切。想起王阳明那时候坐的是马车,去福建应有漫长的路要走,而我在高铁上,不到三个小时就到了。我不知道他后来有没有去福建,如果他去了,或

263

许他会高兴的。我一直觉得王阳明是个对世间万物充满好奇心的人,况且距福州不远处的福清有他曾沉溺过的深厚的道释文化。他的心学虽然在儒学的框架里,但处处可以见出多种文化基因交会融合、重新整合的痕迹,在生命意义上是对自我的一次解放。

福清的石竹山是道教名山。道教是本土之教,以"道"为最高境界。所谓的道,用现在的话说就是万物的规则,从宗教意义上理解就是本源或者至善。凡事要符合天道,而正是"道"规范了我们的行为,人心若符合天道,便会长寿,成为神仙。石竹山的道教文化更是以"梦"而闻名。石竹山道院构筑在石竹山南麓半山腰的悬崖峭壁上。道院主神殿仙君楼便是祈梦活动的主要场所。徐霞客在游记中明确记载此地为"祈梦灵异之所"。传说,在此住上一晚,便有梦降临,让我们得以窥探自己深不可测的命运的冰山一角。

在王阳明那里,"道"即是"理"。王阳明认为人心就像宇宙天道,用他的话说就是"心即理"。他说,我们的心就像一面光亮的镜子,可以照见世间万物,这就是"良知"。但由于我们的欲望,镜子免不了锈迹斑斑,所以我们要时时擦拭,这个过程叫"致良知"。我们只有把镜子擦干净了,才能成为圣人。不得不说,阳明学说和道教渊源颇深。

距福清约十公里的海口镇的弥勒岩山麓,有一高大石佛盘膝而坐。公元 1341 年,这里的人们开始凿造这座弥勒造像,到 1368 年才完工,历时二十七年。弥勒佛由整块花岗岩就地琢成,妙相天然,露腹袒胸,六百多年后我站在石像前面,岁月的包浆使佛像更显慈悲庄严,望之令人心生欢喜。

值得一提的是礼佛过程。有一阶梯通向佛像,需爬过一道小岭。我们首先看到的是佛的头部,慢慢地,佛身才一点一点显现,直至完整呈现。这个过程,可以算得上参佛的一个特别的仪式。仪式感是重要的。这一过程就好像在向我们昭示,生命就如参佛,只能经历岁月的流变,我们才能慢慢领悟到生命的真理。

想起在日本札幌,建筑师安藤忠雄设计了一个巨大的、由薰衣草覆盖着小山,山顶上开了一个洞口,露出大佛的头像。整个佛像藏在山体之内。想要看到佛像的其他部分,游客必须穿过 40 米长的隧道,通向围绕雕像的圆形大厅。只有到了佛像的脚下,仰视,才能看到佛像的全身,大佛的头像正好与蓝天白云相映,光线从佛顶射入,明暗对比下大佛极具庄严,带着某种启示意义的神圣性。参佛的过程具有独特的仪式感。

我称不上严格意义上的有宗教信仰的人,照我的理解,信仰就是投向虚无的一束光芒,或者相反,信仰就是虚无向肉身投来的一束光芒。所以,光是重要的,光永远是对生命的启示。而在佛教教义里,弥勒佛是未来佛,预示着生命的大光明。

我因此想起王阳明,"光明"这个词对王阳明是如此重要。他是一个渴望成为圣人的人。他一生践行着他的心学,"知行合一"。临死时,他说出"我心光明,亦复何言"这八个字。这最后的遗言隐藏着多少生命的历险、艰辛与参悟。

如今有谁指望自己成为圣人呢？在福清,我们参拜,我们祈梦,我们等待命运的恩宠。

2019. 12. 4

安顿和抚慰之旅

　　贾樟柯的电影通常以山西小城为背景,到处都是煤矿,烟囱冒着青烟,街头尘土飞扬,植物枝丫光秃,没有绿意。这似乎符合人们对山西这个煤炭大省的想象。煤作为一种能源,在燃烧的过程中会产生很多烟尘,对环境不利。贾樟柯的电影印证并加深了人们对山西刻板的印象。但到了山西,却和想象的完全不同,满眼都是绿植,天空碧蓝如洗,河水清澈,仿佛到了江南某地。原来的偏见刹那间被刷新了,自然想起一首歌《人说山西好风光》。

　　　　人说山西好风光,

　　　　地肥水美五谷香。

　　　　左手一指太行山,

　　　　右手一指是吕梁。

　　　　站在那高处望上一望,

　　　　你看那汾河的水呀,

哗啦啦啦流过我的小村旁。

歌中所描述的一点也不夸张。事实上山西是多元的，此次我们参访的晋中市是一个产粮大市。在太谷县农谷，我们见证了现代科技之下，农业已不再是传统意义上的农耕方式，而是一个巨型的工厂。整个晋中是一个狭长的平原，如歌中所唱，处在太行山和吕梁山之间，汾河贯穿而过，特别适合农业生产。在地理上，晋中市天然具备富足之地的条件。

单靠农业显然不足以富甲天下。商业才是一个地方富足的根本所在。晋中作为晋商的发祥地，某种意义上带着"传奇"性。山西是传统意义上的中原地带，是中华文明的发祥地，全国有一半姓氏诞生于此，是儒家传统深厚之所。在儒家的秩序中，士农工商，工、商为末，商业的地位相当低。可就是在这个地方，在明清资本主义萌芽之际，开风气之先，成就了一批晋商，一时执中国商业之牛耳。稍晚一些，在中国南方，王阳明提出了"工商皆本"的思想，在儒学内部，让商业文明取得了合法性的地位。

商业累积了大量的财富，晋中一地因此留下了无数辉煌的大宅院。我们参观了乔家大院、渠家大院、王家大院等，规模之恢宏，建筑之考究，雕刻之精美，都令人叹为观止。有意思的是，商人虽被儒学所鄙视，然而他们在营建这些建筑时，在对联、匾额和大量的砖砌浮雕上，无不处处体现儒学的伦理和传统，秩序森然。无论在乔家大院还是在渠家大院，都有各种学习做人的规训，如

"学吃亏""毋不敬""恒其德""敦睦"等,体现儒家的中正平和的思想。可见深受传统浸润的晋商还是一心向儒,他们从事教育,建设文化,造福桑梓,交往鸿儒,称得上是儒商。

渠家大院的历史令我特别感慨。这座始建于乾隆年间的大宅子,同时是中国近代史的见证者。中国的近代史就是一部屈辱史,也是一部战乱史。1937年正是国家民族危亡时刻。这一年,日军侵入南京城,发生了骇人听闻的南京大屠杀事件。渠家出于安全考虑,放弃了这座有二百四十多间房子的宅院,其子孙后代散落各地,有的去了国外,有的去了西南,有的则南下去了广州或香港。历史的风暴呼啸而过,山河破碎,远离故地是艰难的选择,却也是唯一的出路。接着日本人占领了渠家大院。他们在渠家大院的最高处建了碉楼,碉楼可俯瞰全城的动向,监视城内百姓的一举一动。至今碉楼犹在,岁月的包浆使得碉楼和建筑之间构成了一种协调的关系,倒也并不显得突兀,但无论如何,它是一个耻辱的伤疤,也是我们民族应该汲取的教训。日本投降后,这里又成了国民政府以及军队的办公地。直到解放战争中,解放军进驻,渠家大院成了一家军属医院。1949年,渠家大院最后的主人渠仁甫捐出了祁县的房产(包括渠家大院、书舍和竞新学校的财产),渠仁甫被选为省政协委员、人民代表。1950年代初,军属医院搬走,一些疗伤的干部在此居住。不久政府在别处盖了军休所,干部们陆续搬离了,这儿便住进普通百姓,渠家大院终于成了平民的世界。

在晋中至今保留着规模如此巨大的明清建筑群实在称得上奇迹。平遥古城已是世界文化遗产,美轮美奂,不过在这个旅游业兴旺的时代,平遥古城的商业气息太过浓了一些。我倒是更喜欢渠家大院,游人不多,带着岁月的沧桑,高古而奇崛地耸立在祁县古城内。

渠家大院依旧是完好的。我非常惊奇这些建筑在"文革"中竟没有遭到破坏。给我们讲解的当地人说,渠家大院精美的木雕牌楼得以完好保存是因为破"四旧"时,有一位老干部拿着拐杖,一直坐在牌楼前,让孩子们望而却步。

在南方,已少见明代建筑了,一是中国老建筑都是木质结构,需要不断翻修重建,二是在现代化进程中,大规模的城市建设把老建筑都拆掉了,使得中国的城市几乎千城一面。也许是内地经济的相对落后成全了晋中,得以保存了这些大宅院。这些建筑的存在对所有中国人来说都是一件幸事。建筑从来就是我们传统的外化,是我们文明的外衣。在晋中大地,当我们见到这些古老的建筑,就会和我们古老的传统和生活方式相遇。

人们经常说起乡愁,乡愁不仅仅是对故乡的思念,在文化的意义上,乡愁也可以是对故国的怀想。当我们站在这些建筑前,源于血液的乡愁在那一刻得以安顿和抚慰。

2020. 8. 22

波兰随想

1. 肖邦的心脏和他的影子

这一整天,我们都在华沙。我们先到肖邦公园。在波兰,肖邦的影子无处不在。某种意义上我们认识波兰可能从肖邦开始。肖邦带着波兰民族性的音乐,使我们了解了波兰的某些性格。另一方面,我们对波兰的了解当然得自 20 世纪的政治变迁。世界被分成东西方两大阵营,而波兰在社会主义阵营之中。著名的华沙条约就是在波兰签署的。华沙条约的签署地就是在肖邦公园大门的右侧。作为异邦人,我们对这个遥远国家的认知,确实不多。比如,在公园大门的广场上,耸立着一座雕像,陪同我们的郭先生介绍说,那是波兰的国父。在来波兰以前,我临时抱佛脚,大致读了一些有关波兰的历史,因此猜测可能是毕苏斯基元帅。在肖邦公园外，一个政治事件所在地，一个政治人物，一个音乐家，大致可以看出波兰的骄傲和其历史的吊诡与多灾多难。

对这个国家爱好音乐的人来说，真正有意义的地方，也许不在这个布置精细的肖邦公园，而是在圣十字大教堂，肖邦的心脏就埋葬在那里。据说，肖邦的心脏是由他的姐姐遵从他的遗愿从法国带回波兰的，至于为何葬于圣十字架大教堂不得而知。我想，这大概是天主教的传统，天主教喜欢把伟人们葬在靠近上帝的地方。在宁波老外滩教堂里，亦有一个石质棺椁，里面是建造教堂的法国传教士。这位法国传教士死在法国，后由亲属移至宁波。肖邦的心脏，对这个国家无论如何有其象征意义。我看老师带着一群孩子在教堂里参观，教堂非常安静，使他们平时活泼的脸，也显出一种老成的严肃来。相信，老师那轻声细语必定同肖邦的心脏有关。

肖邦的故居，在离华沙城五十公里处。说是肖邦的故居，其实这个园子不属于肖邦家族。肖邦的父母只不过是这里的管家。肖邦出生在这里，并且生活了七年。也就是说，他的童年就是在这个园子里度过的。在这里，肖邦显露出在钢琴演奏和作曲方面的天赋。他六岁师从捷克钢琴师齐瓦奈学习钢琴，七岁就发表了第一首钢琴作品《G 小调波兰舞曲》，八岁即公开演奏协奏曲，以钢琴神童的身份经常被华沙贵族邀请去演奏，一时成为贵族沙龙中的宠儿，十二岁即闻名全国。在肖邦故居，有一条小河，河里水草丛生,在流水中水草静静地荡漾着,像一支支五线谱。在这条小河边,我们碰到一群前来参观的智障孩童,他们穿着色彩斑斓的衣服,在小桥上迅猛奔过,留下一些欢声笑语,给这座古老的园子带来一抹鲜亮的色彩。

在故居外有一卖肖邦纪念品的商店。我买了两个肖邦头像,一个为金属材质的,一个为石膏的。我发现商店里摆放着色情DVD及色情画刊。店主是个老太太,她开玩笑说,肖邦也喜欢这些东西。陪同我们的郭先生有很多旁门知识,他说,根据最近对肖邦病历的研究,肖邦可能死于性病。同行的开玩笑说,那一定是乔治·桑传染给他的。

关于肖邦和乔治·桑的情感故事,已成为文学史和音乐史上的佳话了。不过,这佳话中,关于乔治·桑的部分众说纷纭。也许出于对肖邦的热爱,很多人对乔治·桑似乎怀有恶意。这恐怕同乔治·桑的形象过分前卫有关。这个喜欢穿男人裤子、叼着雪茄的女作家,连肖邦初次见到她也觉得不像个女人,况且这个女人生活混乱,同她有纠葛的有小说家梅里美、缪塞、帕西罗以及音乐家李斯特。这样的乔治·桑怎么能同优雅柔弱的肖邦混在一起呢? 但就是这样一个女人成全了肖邦。肖邦是在乔治·桑的引荐下在巴黎文艺界成名的,肖邦所有全盛时期的作品都出自他和乔治·桑相恋的那八年。可以说,没有乔治·桑就没有肖邦。

对于多灾多难的祖国,肖邦想有所作为,他想为波兰出点力气。乔治·桑鉴于肖邦的身体状况，反对他这样做。但肖邦义无反顾，按计划开始了为波兰募捐所做的巡回演出，结果，病逝于这次演出的途中。从某种意义上，肖邦这样的死法成全了他。试想，如果没有这样一个死亡背景，如果肖邦活得长寿，直到德高望重，形象肯定会大打折扣。一个早逝的天才，再加上爱国者，当然会令所有波兰人尊敬。这个消瘦得看上去弱不禁风的男子，这个创作了那么多唯美钢琴曲的作曲家，因为这最后的作为，给他的作品增添了深厚的内涵，让他的音乐似乎和多灾多难的波兰密切相关了。对绘画和音乐这种相对抽象的艺术来说，艺术家的生涯往往是对其作品最好的注释，是他作品挥之不去的影子。

去过巴黎的人说，在拉雪兹神父公墓的肖邦墓园，每天仍不间断地有人献鲜花。但在另一个街区，在圣米谢尔大道卢森堡公园的一角，乔治·桑的一座雕像早已蒙尘，已经寂寞地坐在那里五十多年。这一切不禁令人唏嘘不已。

2. 高大的密茨凯维奇和无痕的米沃什

我们在去华沙旧城的路上，天下起了雨。我们在街头买了伞——价格是国内的两倍。我们继续前行。这时，陪同我们的郭先生指着街边的雕像，告诉我们，那就是密茨凯维奇。我们抬头仰望，高大的雕像矗立在华沙城明净的雨丝中，那张瘦削的脸似乎因为这细雨而更显忧郁。

郭先生接着向我们介绍:密茨凯维奇相当于波兰的鲁迅。我们都笑起来。对于不懂波兰语的异邦人,我们不知道密茨凯维奇的诗歌如何丰富了他的母语,我们对他的认识也仅仅停留在一些文章的某个片段里。比如关于他和普希金交往的经历,比如赫尔岑《往事与随想》这本书对他的描述。

像密茨凯维奇这样的诗人,他的写作似乎同"个人"关系不大,他所有的写作都指向祖国、民族这些宏大的词语。从我有限的阅读中了解到,他的诗人生涯和独立运动生涯几乎是同步展开的。这当然也不奇怪,他的祖国正被沙俄占领着,他对结束这种统治怀有几乎狂热的使命感。他参加秘密的爱国团体,并因此被沙俄逮捕并流放到西伯利亚五年。他和普希金就是在这个时期认识并成为知交的。

密茨凯维奇的时代,是个群星闪耀的时代,许多杰出的作家几乎都诞生于那个时代。密茨凯维奇浪迹天涯的生活让他结识了许多同行。单在俄国,除普希金外,他还结识了雷列耶夫、茹科夫斯基、格里鲍耶陀夫等人。这样的交往让他在世界范围内,特别在欧洲,声名鹊起。

1830 年 11 月华沙爆发起义,密茨凯维奇正在罗马,他立即启程回国,但抵达波兹南时起义已被镇压。他先停留在德国的德累斯顿,1832 年迁居巴黎,专事写作。

赫尔岑在《往事与随想》里称密茨凯维奇的脸为"波兰命运的形象化体现",那是赫尔岑和密茨凯维奇的初次见面,他是这样描述这位浪漫主义诗人的:"从脸形看,他不像波兰人,倒像立陶宛人,脸上流露出无穷的忧虑和悲戚。他头上是浓密的灰白头发,目光倦怠,整个外表给人的印象是经历了过多的不幸,内心感受着苦闷和强烈的忧郁……密茨凯维奇似乎被什么吸引着,控制着,有些精神恍惚;这'什么'就是他那奇特的神秘主义,他在那中间已越陷越深。"

　　这次聚会当然是为了他正被异族占领着的祖国——波兰,地点在法国巴黎。那时密茨凯维奇担任了《民族论坛》的负责人,报纸主要报道波兰的消息和相关评论。

　　克里米亚战争爆发后,密茨凯维奇于1855年到达君士坦丁堡,准备再次组织波兰军团,为祖国的解放而战,可是他不幸染上霍乱,同年11月死在当地。

　　我们在克拉科夫旧皇宫的教堂参观时,惊讶地发现密茨凯维奇的棺椁停放在那里,皇宫教堂是专门停放波兰历史上皇族遗骸的,一位诗人竟然和他们埋葬在一起,在世俗的眼里,这无疑是至高的礼遇和巨大的荣耀。我没研究过天主教,据我的观察,天主教堂似乎都有存放伟人遗骸的传统。教堂在某种意义上是一个展示生命荣耀的平台。教堂作为上帝居住的地方,作为人群聚集之所,无疑是被看见和传颂的理想平台。在天主教堂的圣壁上,往往挂着历代主教和众多皇亲国戚的圣像,这里面其实体现了人不朽的愿望。

今天在世界范围内,密茨凯维奇的文学影响或许已经有限,但在波兰,因为其伟大爱国者的身份,他的文化影响力至今无人可比。

波兰有三位诺贝尔文学奖得主。同我们这个时代关系最为密切的要数米沃什了。在中国,文学界的人大约知道这个流亡诗人。但是在波兰的这几天,我们难觅他留下的遗迹。

米沃什对波兰民族的态度是极为复杂的。他是波兰的批判者和挑剔者,作为一个内心秩序分明的人,他不能容忍波兰历史和现实的混乱和麻木。他内心的这种秩序感,让他对梵高同样发出尖锐的质疑:"一个幼稚的没有秩序的人,他怎么可以如此作画?"有秩序必然会变得优雅,由于波兰的历史,这个被强权屡次瓜分的国家,其民族性里面有一种让米沃什难以忍受的部分,特别是那些权贵人士,在对待外国人和对待本国人的态度上迥然不同,令米沃什厌恶。

米沃什不仅仅是一个挑剔者,他的身上还有一个抵抗者的形象。这种矛盾的情形也表现在他对波兰语言的态度上。他认为波兰语是粗陋的,是骗子的语言;但另一方面,当希特勒占领了波兰,禁止使用波兰语时,他在华沙展开了宣传波兰语言和波兰文化的秘密活动。2003 年,冷战早已结束,米沃什在生命的最后时刻从国外回到了他曾经从事过抵抗运动的克拉科夫城,也算是叶落归根。一年后,他死于该城。

波兰人似乎并不喜欢米沃什。在我们问波兰作家对米沃什的评价时,波兰作家都有些不以为意,他们说,米沃什是为外国人写作的。这倒是同我们的情况有些相同。我们在评论在西方走红的艺术家时,也总这么说。

为国家做一些事情,如肖邦,如密茨凯维奇,那么国家就把他们放在一个文化的中心位置进行祭奠。但米沃什,归根到底,他是一个逃亡者。他是在外交官的任上逃亡到法国,后又去了美国。波兰人对他的情感想来也是复杂的。

这没有什么好奇怪的,在这个地球上,大家都有关于国家和民族的想象,并且暂时不会放弃这样的想象。我们这些庸人总是把目光投向过去,寻找所谓的伟人,对于眼前的人和事,我们大致涌出的只是稀松平常的感受。

2006. 7

"小说家的散文"丛书

《旅馆里发生了什么》　　王安忆　著

《拜访狼巢》　　方　方　著

《出入山河》　　李　锐　著

《青梅》　　蒋　韵　著

《写给北中原的情书》　　李佩甫　著

《星斗其文，赤子其人》　　汪曾祺　著

《熟悉的陌生人》　　李　洱　著

《一唱三叹》　　葛水平　著

《泡沫集》　　张　欣　著

《写给母亲》　　贾平凹　著

《无论那是盛宴还是残局》　　弋　舟　著

《已过万重山》　　周瑄璞　著

《众生》　　金仁顺　著

《如果爱，如果不爱》　　阿　袁　著

《故事与事故》　　蒋子龙　著

《回头我就变了一根浮木》　　潘国灵　著

《三生有幸》　　北　乔　著

《我的热河趣事》　　何　申　著

《天才的背影》　　陈　彦　著

《我的小井》　　乔典运　著

《那张脸就是黄土高原》　　红　柯　著

《遇见》　　石钟山　著

图书在版编目（CIP）数据

和虚构的人物为伴／艾伟著. -- 郑州：河南文艺出版社，
2024.10. --（小说家的散文）. -- ISBN 978-7-5559-1716-8

Ⅰ．I267

中国国家版本馆 CIP 数据核字第 2024185T51 号

选题策划　梁素娟
编　　选　郁　文
责任编辑　梁素娟
书籍设计　刘婉君
责任校对　殷现堂
责任印制　陈少强

出版发行　河南文艺出版社
本社地址　郑州市郑东新区祥盛街 27 号 C 座 5 楼
承印单位　河南瑞之光印刷股份有限公司
经销单位　新华书店
开　　本　787 毫米×1092 毫米　1/32
印　　张　9.25
字　　数　180 000
版　　次　2024 年 10 月第 1 版
印　　次　2024 年 10 月第 1 次印刷
定　　价　45.00 元

版权所有　盗版必究
图书如有印装错误，请寄回印厂调换。
印厂地址　河南省武陟县产业集聚区东区（詹店镇）泰安路
邮政编码　454950　　电话　0371-63956290